CLÁSICOS
CASTALIA

LA ESTANQUERA DE VALLECAS

LA SOMBRA DEL TENORIO

COLECCIÓN DIRIGIDA POR
PABLO JAURALDE POU

LOEWE

JOSÉ LUIS ALONSO DE SANTOS

LA ESTANQUERA DE VALLECAS

LA SOMBRA DEL TENORIO

EDICIÓN, INTRODUCCIÓN Y NOTAS DE
ANDRÉS AMORÓS

CLÁSICOS
CASTALIA

Consulte nuestra página web: http://www.castalia.es

es un sello propiedad de edhasa

Oficinas en Barcelona:
Avda. Diagonal, 519-521
08029 Barcelona
Tel. 93 494 97 20
E-mail: info@edhasa.es

Oficinas en Buenos Aires (Argentina):
Avda. Córdoba 744, 2º, unidad 6
C1054AAT Capital Federal
Tel. (11) 43 933 432
E-mail: info@edhasa.com.ar

Primera edición: septiembre de 2010
Primera reimpresión: enero de 2011
Segunda reimpresión: febrero de 2012
Tercera reimpresión: enero de 2014

© de la edición: Andrés Amorós, 2010
© de la presente edición: Edhasa (Castalia)

www.edhasa.es

Ilustración de cubierta: Alfonso Ponce de León: *Arquitectura urbana* (1929). Museo Nacional Centro de Arte Reina Sofía, Madrid.
Diseño gráfico: RQ

ISBN 978-84-9740-339-9
Depósito Legal B-6090-2012

Impreso en Liberdúplex
Impreso en España

Queda rigurosamente prohibida, sin la autorización escrita de los titulares del Copyright, bajo la sanción establecida en las leyes, la reproducción parcial o total de esta obra por cualquier medio o procedimiento, comprendidos la reprografía y el tratamiento informático, y la distribución de ejemplares de ella mediante alquiler o préstamo público.
Diríjase a CEDRO (Centro Español de Derechos Reprógraficos, www.cedro.org) si necesita fotocopiar o escanear algún fragmento de esta obra.

SUMARIO

INTRODUCCIÓN BIOGRÁFICA Y CRÍTICA
I. José Luis Alonso de Santos 9
II. *La estanquera de Vallecas* 15
III. *La sombra del Tenorio* 31

NOTICIA BIBLIOGRÁFICA 47

BIBLIOGRAFÍA SELECTA 48

NOTA PREVIA 51

LA ESTANQUERA DE VALLECAS 53

LA SOMBRA DEL TENORIO 113

ÍNDICE DE LÁMINAS 183

A Marga y Auxi.
Y a José Manuel Cuaresma, que disfrutó,
en Sevilla, con La sombra del Tenorio.

INTRODUCCIÓN BIOGRÁFICA Y CRÍTICA

I. José Luis Alonso de Santos

Buena parte de la crítica teatral española opina que Alonso de Santos es el primero y el más importante de los autores surgidos después del franquismo. La anécdota nos dice que puede ser el primero porque su primer estreno, *¡Viva el duque, nuestro dueño!,* tuvo lugar en el Pequeño Teatro Magallanes el 9 de diciembre de 1975, menos de un mes después de la muerte del general. Además de eso, Alonso de Santos ha consolidado una carrera muy sólida como autor teatral de éxito, dentro y fuera de España.

No es extraño, por tanto, que se incorpore hoy a la colección Clásicos Castalia, con dos obras que marcan los extremos –por ahora– de su carrera. *La estanquera de Vallecas* (1981) constituyó su primer gran éxito, en la línea de un teatro popular y humorístico. *La sombra del Tenorio* (1994) recorre ahora mismo triunfalmente los escenarios españoles. En medio quedan unos años muy fecundos de estrenos, premios, libros... Alonso de Santos es hoy, sin duda, uno de los nombres más importantes del teatro español vivo.

Unos pocos datos nos bastarán para situarlo biográficamente y recordar los momentos más destacados de lo que hasta hoy ha sido su carrera. [1]

[1] Recojo aquí los datos de mi "Introducción" a la edición de *El álbum familiar* y *Bajarse al moro*. Pueden verse también los prólogos de María Teresa Olivera y de Fermín Tamayo y Eugenia Popeanga. (*Vid.* la Bibliografía.)

Nació en Valladolid, en 1942. Se licenció en Ciencias de la Información (Imagen) y Filosofía y Letras (Psicología), en la Universidad de Madrid.

A la vez, inició sus estudios escénicos en el Teatro Estudio de Madrid, con maestros tan importantes como Miguel Narros, Maruja López y William Layton. A través de éste, sobre todo, pudo conocer el "Método" de Stanislawski.

Participó como actor en un montaje que se hizo célebre, el de *Proceso por la sombra de un burro* (1964-65), de Dürrenmatt, y se vinculó luego con el teatro independiente: TEI, Tábano... Dirigió después el Teatro Libre de Madrid, en el que actuó, a veces, como actor, director y autor. Obtuvo entonces un notable éxito con el montaje de *El horroroso crimen de Peñaranda del Campo,* de Pío Baroja.

Para ese grupo escribió su primera obra, *¡Viva el duque nuestro dueño!* (1975), a la que ya me he referido, premiada en el Festival de Sitges.

También estrenó el Teatro Libre su segunda obra, *Del laberinto al treinta* (1979), en la Sala Cadarso de Madrid. Obtuvo, después, el Premio Aguilar con *El combate de Don Carnal y Doña Cuaresma* y estrenó en el Centro Cultural de la Villa de Madrid una obra infantil, *La verdadera y singular historia de la Princesa y el Dragón* (1980).

Del año siguiente es la primera obra que aquí edito. En octubre de 1982 inauguró la temporada del Centro Dramático Nacional (Teatro María Guerrero), dirigido por José Luis Alonso, con el estreno de *El álbum familiar;* a la vez, en programación nocturna, se estrenaba *¡Vade retro!*, de su compañero y amigo Fermín Cabal. En cierto modo, estos dos estrenos suponían el reconocimiento pleno y la aceptación oficial del teatro independiente; a la vez, quizá, su acta de defunción.

Ese mismo año, su amigo Rafael Álvarez, "El Brujo", le estrena el monólogo *El gran Pudini.* (*Alea jacta est*), en el antiguo cabaret madrileño El Molino Rojo, dentro del III Festival Internacional de Teatro. Unos meses después presenta, en el Teatro Romano de Mérida, *Golfus de Emérita Augusta.*

Del año 1985 son las reposiciones de *¡Viva el duque, nuestro dueño!*, en el Templo de Debod, y *La estanquera de Vallecas*, ahora con Conchita Montes, así como el estreno de *Bajarse al moro,* que supone su plena consagración.

Ese año, el Premio Nacional de Teatro se concede a dos autores de distintas generaciones, Alfonso Sastre y Alonso de Santos. Al año siguiente obtiene también el Premio Mayte.

De 1986 es el espectáculo *¡Viva la ópera!*, sobre música de Donizetti, una adaptación de Moreto, *No puede ser... el guardar una mujer* (en el Festival de Teatro Clásico de Almagro) y el estreno de *La última pirueta*, dirigida por su casi homónimo José Luis Alonso.

En 1987 estrena *Fuera de quicio* y, en el Teatro Español, su versión de *Los enredos de Scapin,* de Molière.

Al año siguiente funda la productora teatral Pentación, con sus amigos Gerardo Malla, "El Brujo" y Tato Cabal, a la que sigue vinculado. Con ella estrena *Pares y nines*, otro gran éxito humorístico, y *Trampa para pájaros* (1990), en una tonalidad más dramática.

Sus últimos éxitos –además de *La sombra del Tenorio*– han sido *Dígaselo con valium* (Teatro Baracaldo de Bilbao, 1993) y *Hora de visita* (1994), con la gran actriz Mary Carrillo.

Además, ha publicado una novela de humor, *Paisaje desde mi bañera* (1993) y un relato infantil, *¡Una de piratas!* (1994).

Nadie puede negar que Alonso de Santos es, ante todo, un *hombre de teatro*. Si no me equivoco, en el teatro lo ha hecho casi todo, además de escribirlo: interpretarlo, dirigirlo, enseñarlo (es, desde 1978, profesor de la Escuela Superior de Arte Dramático de Madrid), organizar la representación y recorrer con el autobús, como los cómicos de la legua, muchas carreteras españolas.

Indudable parece que todo ese aprendizaje le ha sido utilísimo a la hora de hacer vivir sobre las tablas un conflicto dramático y crear unos personajes creíbles.

Toda la crítica ha insistido en este aspecto. Recordemos sólo tres testimonios significativos. Ante todo, el de Eduardo Haro Tecglen:

> Había leído las obras que me dieron para el Premio Tirso de Molina: en la última encontré, o creí encontrar, la sustancia humeante del teatro. Es ésta: *Bajarse al moro,* de José Luis Alonso de Santos. [2]

Algo parecido afirma José Monleón:

> Si lo admiro es porque se trata de un hombre de teatro casi en estado puro (...) Es como si el autor de *El gran teatro del mundo* hiciera todos los personajes, vendiera las entradas y se enamorara de las actrices. [3]

Y Eduardo Galán:

> Tal vez su éxito resida en su extraordinaria capacidad para comunicarse con el público: Alonso de Santos tiene olfato escénico, sabe hablar de tú a tú al espectador y trasmitirle sus emociones, sus sentimientos y sus opiniones. [4]

Tres críticos de sucesivas generaciones y diversos talantes coinciden: no me parece que se equivoquen. La realidad lo confirma: Alonso de Santos es, quizá, el único autor que ha conseguido dar el difícil paso del teatro independiente, crítico y minoritario, al éxito masivo, que permite –entre otras cosas– seguir estrenando.

Ha logrado esto sin traicionar de ninguna manera su trayectoria, sin disminuir su crítica ni abaratar su esté-

[2] Eduardo Haro Tecglen: "Prólogo" a José Luis Alonso de Santos: *Bajarse al moro,* Madrid, eds. Cultura Hispánica, 1985, págs. 7-8.

[3] José Monleón: "Alonso de Santos", *Primer Acto,* nº 194, 1982, pág. 39.

[4] Eduardo Galán: "Alonso de Santos o el arte de comunicarse con el público", en J.L. Alonso de Santos: *Pares y nines. Del laberinto al 30,* Madrid, ed. Fundamentos, col. Espiral/Teatro, 1991, pág. 7.

tica: simplemente, con una evolución que refleja el *natural* proceso de maduración del hombre y del escritor.

En el primer libro dedicado íntegramente a su obra, Miguel Medina Vicario ha estudiado cómo ensambla Alonso de Santos los distintos géneros dramáticos para ofrecernos una observación inmediata del mundo actual, del individuo concreto:

> Fija su mirada en la inmediatez de los acontecimientos, y allí es donde libra su batalla. Para lograrlo, ya se comprende, los géneros en su estado puro le resultan insuficientes, por herméticos. Su COMEDIA se instala en las raíces del DRAMA, y es así como se hace más auténtica. El DRAMA, por su parte, no renuncia a la dosis de humor que le corresponde para hacerse creíble. Los permanentes rasgos de TRAGEDIA se estilizan hasta rozar límites GROTESCOS. El ABSURDO sazona convenientemente la totalidad de los restantes géneros como elemento sustantivo en toda acción humana. [5]

El impulso básico para escribir lo ha encontrado Alonso de Santos en una profunda discordancia con la realidad:

> Para mí el trabajo en el teatro es un intento de dar una respuesta poética a la angustia (...) Empecé a trabajar en el teatro para usarlo como unas gafas que me permitieran relacionarme con la realidad, protegerme de su luminosidad. Porque la realidad es tan compleja, tan distorsionada, tan brillante, tan caótica... que directamente no podía con ella. Ante este caos de vivir, el teatro lo he puesto como intermedio entre la realidad y yo (...) Quise expresar toda esa problemática, esa desproporción entre la voluntad y los hechos, ese andar dando vueltas como ciegos alrededor de una meta imposible. Ese tema que me inquietaba tanto, no lo encontraba y decidí escribirlo (...) Yo hago teatro para dar una respuesta a una situación que me desborda y al menos al escribirlo o al dirigirlo lo entiendo, lo digiero un poco. [6]

[5] Miguel Medina Vicario: *Los géneros dramáticos en la obra teatral de José Luis Alonso de Santos,* Madrid, eds. Libertarias-Asociación de Autores de Teatro, 1993, págs. 18-19.

[6] Alonso de Santos en: José Luis Alonso de Santos y Fermín Cabal: *Teatro español de los 80*, Madrid, ed. Fundamentos, 1985, pág. 152.

Alonso de Santos suele utilizar en su teatro como elemento básico el humor, con toda la seriedad que este término implica, si se sabe entender bien. En sus comienzos, a veces, pudo adoptar la fórmula de la parodia o la caricatura, cercana a lo esperpéntico. En la madurez, ha ido suponiendo la aceptación de la realidad, por una vía humorística que integra todas las contradicciones del ser humano.

En las obras de Alonso de Santos que vamos a leer encontraremos humor romántico, humor nostálgico de otra realidad, humor que disculpa y comprende las debilidades humanas... Más que la carcajada, la sonrisa. Si no logramos ser felices, nos queda, al menos, el consuelo del humor.

Esa actitud humorística va unida a la elección de un tipo predilecto de personajes:

> Me han interesado siempre los marginados como personajes de mi teatro. [7]

Marginados por la sociedad, por la edad, por el dinero, por la ideología, por los sentimientos... No es sólo la crítica social o política, como en los tiempos del teatro independiente, sino algo más amplio: esa insatisfacción radical de la que surge toda auténtica obra de arte.

Francisco Umbral le ha llamado "Cronista de ahora mismo". [8] Por expresar fielmente, con humor, los conflictos de su tiempo, su obra puede perdurar. Y cada vez se abre a horizontes estéticos más amplios, más ambiciosos, más complejos. Sólo el tiempo nos dirá hasta dónde puede llegar sobre las tablas.

[7] J.L. Alonso de Santos: "Nota del autor", en *Trampa para pájaros,* Madrid, eds. Marsó-Velasco, 1991, pág. 9.

[8] Francisco Umbral: nota al programa de *La estanquera de Vallecas* (Teatro Martín, 1985).

II. "LA ESTANQUERA DE VALLECAS"

En el mes de noviembre de 1981 se estrenó esta obra en Madrid, en la sala El Gayo Vallecano. Pocas veces se podrá dar una coincidencia semejante entre la localización de una obra y la de su estreno. Éste fue el reparto:

Intérpretes

Estanquera .... *Mercedes Sanchís*
La Nieta .... *Teresa Valentín Gamazo*
Leandro .... *José Manuel Mora*
Tocho .... *Paco Prada*
Subinspector Maldonado . *Miguel Gallardo*

Ficha Técnica

Ayudante .... *Teresa Sánchez Galla*
Productor .... *Roberto López Peláez*
Escenógrafo .... *Antonio Lenguas*
Música .... *Jorge Fernández Guerra*
Vestuario .... *Marisa Zapatero*
Iluminación .... *Antonio Pastor*
Director .... *Juan Pastor*

Alonso de Santos alcanzó así su primer gran éxito, en un año que pasará a la historia por la dimisión de Adolfo Suárez y el lamentable episodio del 23-F. Jordi Pujol era ya presidente de la Generalidad de Cataluña, Alianza Popular ganó las elecciones al Parlamento gallego y tuvo lugar el referéndum para el Estatuto de Autonomía andaluza. El día 10 de septiembre llegó a España el simbólico *Guernica* de Picasso. Una exposición sobre la guerra civil española recorrió varias ciudades, alcanzando records de número de visitantes.

En literatura, se celebró el centenario de Juan Ramón Jiménez y los lectores españoles se deslumbraron con nuevas obras de Miguel Delibes (*Los santos inocentes*), José Luis Sampedro (*Octubre, octubre*) y

García Márquez (*Crónica de una muerte anunciada*). Se dieron a conocer, ese año, dos jóvenes escritores, la poetisa Blanca Andréu (*De una niña de provincias que se vino a vivir en un chagall*) y el novelista Jesús Ferrero (*Bélver Yin*). Las películas españolas que atrajeron más público fueron *El crimen de Cuenca* (Pilar Miró) y *Patrimonio nacional* (Luis García Berlanga); las extranjeras, *Superman II, El lago azul* y *Aterriza como puedas*.

Ese año de 1981, el *Niño de la Capea* encabezó el escalafón taurino y el trágico accidente de un espontáneo, el 14 de septiembre, en la plaza de Albacete, provocó la retirada de *El Cordobés*.

Más de un millón de discos se vendieron aquel año de aquella cosa llamada *El baile de los pajaritos*. Cerca quedaron el Dúo Dinámico, en su retorno, y Julio Iglesias (*De niña a mujer*). Lola Flores cantaba entonces su heterodoxa versión de *Hey*, Isabel Pantoja amaba a *Paquirri* y perdíamos al gran Pepe Blanco, el del *Cocidito madrileño*.

Nos preparábamos para el Campeonato Mundial de Fútbol, que tendría lugar en nuestro país el año siguiente. Por primera vez en su historia, ganó el título de Liga la Real Sociedad, empatada a puntos con el Madrid; la Copa del Rey, el Barcelona. A pesar de su largo secuestro, Quini consiguió el título de máximo goleador. Dos españoles seguían siendo campeones del mundo de motociclismo: Ricardo Tormo, en 50 cc, y Ángel Nieto, en 125.

El día 3 de octubre, en el Teatro Campoamor de Oviedo, el príncipe Felipe de Borbón pronunció su primer discurso público, con motivo de la entrega de los Premios Príncipe de Asturias.

Murieron, ese año, algunos ilustres españoles: José Pla, José María Pemán, María Moliner, Álvaro Cunqueiro, Álvaro de Laiglesia, Regino Sainz de la Maza...

Éste fue también el año de la colza, del ingreso de España en la OTAN, de la legalización del divorcio...

En teatro, el Centro Dramático Nacional presentó *Doña Rosita la soltera*, de Lorca, con Nuria Espert, y *La velada en Benicarló*, dirigida por José Luis Gómez. Recorrían España con éxito dos obras de Antonio Gala, *Petra Regalada* y *La vieja señorita del Paraíso*. Francisco Nieva obtuvo el Premio de la Crítica por *La señora Tártara*. El aniversario de Calderón nos trajo, entre otros espectáculos, *La hija del aire*, dirigida por Lluis Pasqual, y *La vida es sueño*, por José Luis Gómez.

Ese año, el público madrileño vibró de emoción con un espectáculo, *Wielopole, Wielopole*, sin necesidad de entender una palabra del texto, en polaco. Entre los entusiastas espectadores estaba José Luis Alonso de Santos.

Volvamos ya a nuestro autor y su *Estanquera*. A estas alturas, poseía ya una amplia experiencia en el teatro independiente pero éste fue su primer gran éxito. Lo elogia ampliamente, por ejemplo, Francisco García Pavón, en su crítica del estreno, que titula "Un sainete del Madrid actual". (No olvidemos que, además de novelista, García Pavón era autor de un importante estudio sobre el teatro social en España.)

Para García Pavón, la obra ha supuesto una sorpresa agradable, desde su título: "...Ya hace falta valor para que, en estos tiempos pedantescos de 'investigaciones', 'laboratorios' y 'espacios teatrales', un señor se atreva a titular su obra *La estanquera de Vallecas*". Advierte ya lo que leeremos una y otra vez, en las críticas: "Unos tipos populares de Madrid, pero del Madrid de hoy, que hablan la jerga callejera que nuestros oídos soportan todos los días". Elogia la "variedad de pasos graciosos" (nótese la referencia a la tradición de Lope de Rueda), el trazado de tipos y el lenguaje, para concluir con un pronóstico: "Sería estupendo que Alonso de Santos hubiera dado en la pauta para resucitar el sainete y la comedia costumbrista... Podría ser un capitulito para la historia futura". [9]

Menos favorable se mostró Eduardo Haro Tecglen, en su comentario, titulado "Sal gruesa", al conectar la

[9] *Ya*, Madrid, 15-XII-1981.

obra con una tradición menos venerable: "...un juguete cómico al estilo de los de principios de siglo, tocado acá y allá por una pincelada de mensaje social". Apunta la semejanza –en la que nadie ha insistido, después– con *El bosque petrificado,* de Sherwood. Admite el éxito pero también los límites que ve en la obra: "La verosimilitud se va sacrificando velozmente a la comicidad". Y en los intérpretes: "su tosquedad teatral se añade al bulto grueso del diálogo y al retorcimiento de la situación". El resumen no es demasiado entusiasta: "Alonso de Santos tiene mucho sentido del teatro y de la eficacia del diálogo; por lo menos, dentro de estos simples límites en que mueve su situación y sus personajes". [10]

El éxito popular determinó que numerosos grupos independientes montaran la obra y la representaran por casi toda España: San Javier, Ibiza, Albacete, Marbella, Jaén, Calasparra... más de 15 compañías. Con su eficacia teatral tan directa, esta *Estanquera* se convirtió casi en una bandera del teatro independiente y vocacional.

No fue sólo en España. La comedia logró pasar, con buen éxito, al otro lado del Océano: Méjico, Argentina, Chile, Perú...

La versión mejicana de Miguel Ángel "Gato" López se titulaba *El estanquillo* y sirvió para inaugurar, en noviembre del 83, el Teatro Santa Cecilia. El director fue Luis G. Basurto; la abuela, Sylvia Derbez. La obra tuvo buen éxito y llegó a cumplir las cien representaciones, con un homenaje a su autor.

En Argentina, la obra pasó a titularse *Las diez de últimas* y se representó en la Sala Goya del Instituto Cubano de Cultura Hispánica, en Córdoba. El director fue Maximino Moyano y la protagonista, Violeta Vidaurre. La crítica argentina la situó cerca de Cossa[11] y señaló con elogio que "se trata de una parcela de auténtico teatro popular". [12]

[10] *El País,* Madrid, 15-XII-1981.
[11] *Los Andes*, Mendoza, 10-IX-1985.
[12] *Mendoza*, 20-IX-1985.

En Chile, la obra tomó el título de *El almacén de la vieja Justa* y se representó en Santiago, en El Conventillo, por la compañía Buras, dirigida por Ricardo Vicuña. Sergio Palacios la definió como "un sainete dramático". [13] Luisa Ulibarri señaló un nuevo parentesco: "es un poco el Dario Fo español". [14] Eduardo Guerrero profundizó en esto: "Dos miradas europeas a algo tan cercano a nuestra idiosincrasia. Algunos lo llaman sentido del humor". [15]

Antes de esta representación chilena, la obra se había repuesto ya en Madrid. Planeó Alonso de Santos un "golpe de efecto" teatral, ofreciendo el papel de protagonista a Conchita Montes, una actriz excelente, muy querida por el público, pero con una imagen vinculada a un tipo de teatro muy distinto: Edgar Neville, comedias de alta sociedad...

Aceptó Conchita, a pesar de encontrar un poco fuerte el lenguaje, por sus valores teatrales. Declaró entonces: "Es un personaje tragicómico. Me gusta el diálogo, me parece muy bueno, y la comedia tiene momentos patéticos muy interesantes." [16] (Cuando escribo estas líneas, hace poco que ha desaparecido Conchita: todos la recordamos con admiración y afecto.)

Tenía previsto Alonso de Santos que el nuevo estreno tuviese lugar en la azotea del Círculo de Bellas Artes, integrando así la obra en el paisaje urbano madrileño. Las azoteas y terrazas de la ciudad hubieran sido, sin duda, un escenario maravilloso, pero razones de seguridad frustraron el proyecto, que tuvo que trasladarse al Teatro Martín, con este reparto:

Intérpretes

Estanquera .... *Conchita Montes*
Leandro .... *Miguel Nieto*
Tocho .... *Manuel Rochel*
Ángeles .... *Beatriz Bergamín*
Policía .... *Eduardo Ladrón de Guevara*

[13] *Análisis*, Santiago de Chile, 4-V-1987.
[14] *La Época*, Santiago de Chile, 4-V-1987.
[15] *El Mercurio*, Santiago de Chile, 27-IV-1987.
[16] *Ya*, Madrid, 22-VIII-1985.

Ficha Técnica

Iluminación	*David Álvarez Cuberta*
Vestuario	*Susana Rives*
Escenografía	*Luis Romera*
Realización escenográfica	*Mariano López*
Adjunto a la dirección ..	*Ángel Nieto*
Producción	*Miguel Nieto*
Dirección	*Alonso de Santos*

Recordemos algunas críticas aparecidas con motivo de esta reposición.

Julia Arroyo titula la suya "Un sainete de nuestro tiempo" y señala "un mundo entrañable, recreado sobre una realidad que es bastante dura y violenta (...) La dulcificación es necesaria para que el sainete cumpla su efecto de provocar risas donde debiera haber lágrimas". [17]

Juan Carlos Avilés apunta que es "una obra disparatada, con humoradas y trazos de absurdo que recuerdan a Mihura y a Jardiel, al teatro de lo inverosímil, con un lenguaje entre la poética casi *naïf* y la jerga marginal". [18]

Firmado por J.V., se nos dice: "La dialéctica de los contrarios (...) entre atracadores y atracados, dos polos que van delimitando coincidencias y atracciones recíprocas por encima del accidental papel de víctimas y verdugos que cada uno ha tenido que asumir". [19]

Eduardo Haro Tecglen tituló "Nostalgia joven": "...mostró el valor de una obra fresca y nueva, capaz de potenciar las formas nuevas del sainete con una situación de realismo absurdo". Censuró algún aspecto de la representación: "...no es buen director de su propia obra (...) reparto inadecuado (...) gran parte de las frases se pierden". Para concluir: "La noche se convirtió, finalmente, en un homenaje a Conchita Montes, por su público de siempre". [20]

[17] *Ya*, Madrid, 27-VIII-1985.

[18] *Guía del Ocio*, Madrid, 2-IX-1985

[19] *El Público*, Madrid, septiembre de 1985.

[20] *El País*, Madrid, 27-VIII-1985.

Yo mismo, bajo el título del cuplé clásico, "Tabaco y cerillas", elogiaba que el autor "ha sabido hallar una situación dramática, unos tipos, un ambiente, un lenguaje, un humor. Y, sobre todo, un gran personaje: la abuela". De Alonso de Santos decía: "Es, indudablemente, un hombre de teatro. Ésta va a ser su temporada, pues dentro de poco estrena *Bajarse al moro* (...) Para nuestra escena es importante que cuaje este paso del teatro independiente al comercial". Y concluía: "Pese a tantos modernismos, el realismo tragicómico goza de buena salud". [21]

Anotemos que la obra fue llevada al cine por Eloy de la Iglesia y obtuvo también así una amplia difusión. Los actores fueron Emma Penella, José Luis Gómez, José Luis Manzano, Maribel Verdú, Fernando Guillén, Jesús Puente, Antonio Gamero, Nieva Parola, Antonio Iranzo, Chari Moreno, "Pirri", Tina Sainz, Azucena Hernández y Simón Andreu. En el guión colaboró el autor, junto al director y Gonzalo Goicoechea. Escribió la música Patxi Andión. El director había hecho ya otros filmes sobre delincuentes: *Navajeros, Colegas, El pico...* Ahora, sin embargo, declaraba: "Es, decididamente, mi primera comedia (...) Hay momentos en que participan 500 extras, casi todo Vallecas".

Con motivo de la reposición teatral, el autor había publicado la siguiente antecrítica:

> Soy un mal espectador de obras clásicas. Releo constantemente a los grandes maestros, pero cuando veo sus obras sobre la escena echo de menos el pulso de nuestra vida actual.
>
> El autor es un espía de los deseos de su tiempo y aunque el hombre tiene conflictos sin resolver que perduran a lo largo de todos los tiempos, estos conflictos toman en cada época su sabor peculiar, un lenguaje, una sincronía con su momento histórico. Es por eso por lo que trato de conectar en mis obras con un mundo de hoy.

[21] *Diario 16*, Madrid, 25-VIII-1985.

En *La estanquera de Vallecas* intento dar vida a unos personajes que podrían cruzar por cualquier calle de Madrid mañana mismo.

Trato de hablar de gente a la que conozco, o a la que pueda conocer, y de entre ellos elijo seres abocados a la acción, tanto por su falta de integración como por su personalidad, siempre no discursiva ni razonable. Quiero recuperar, en estos mis sencillos personajes de *La estanquera de Vallecas*, el yo actuante que dio origen al teatro, alejándome lo más posible del yo pensante.

En ese laboratorio mágico que es el escenario, les obligo a vivir tratando de realizar sus deseos en el límite de sus posibilidades. Entre la realidad y el deseo han de encontrar su razón de ser. [22]

Se basa *La estanquera de Vallecas* en un hecho real, uno de tantos que nos ofrece, cada día, la crónica de sucesos de cualquier periódico: dos rateros de poca importancia intentan atracar un estanco, en un barrio popular madrileño, pero son rodeados por las fuerzas del Orden Público. El propio autor nos lo confirma, en su *Nota* inicial: "recibí últimamente carta de Leandro desde Carabanchel [la cárcel], donde reside en la tercera galería..."

El hecho real terminó trágicamente. La obra teatral, en cambio, circula por el tornasolado camino del humor. No son vías excluyentes. El autor lo afirma tajantemente, en un texto que me parece básico y que aporta también datos sobre las circunstancias de la redacción de la obra:

Es algo más que una comedia divertida, y aquellos que ahondan en la farsa se la cargan, y también quienes le dan mucha importancia a la denuncia social, a la seriedad. *Yo la escribí en el 79, en una playa,* rodeado de mar, de historias bellas y sensaciones estupendas, por dentro y por fuera, y mientras tanto escribía lo mal que lo pasaban los marginados de Vallecas. Así que el texto tiene estas *dos vertientes mezcladas:* lo lúdico y lo esencial, lo serio. Es el

[22] *ABC*, Madrid, 23-VIII-1985.

Madrid de hoy. Y esa mezcla hay que respetarla. Además, yo escribo y hago teatro porque el enemigo del teatro es el aburrimiento. (La cursiva es mía.)

Buena parte de la crítica –ya lo hemos visto– se apresuró a emparentarla con el sainete. (Lo mismo hizo con otro gran éxito del autor: *Bajarse al moro.*) No me parece equivocado, pero sí habría que precisarlo un poco.

Ante todo para recordar que eso no supone ningún demérito. Cualquier conocedor de la historia de nuestra escena sabe bien que, desde el Siglo de Oro, existe una importantísima línea de *teatro menor*: pasos de Lope de Rueda, entremeses de Cervantes y Quiñones de Benavente, tonadillas y sainetes de Don Ramón de la Cruz, género chico, sainetes de los Quintero y Arniches con su derivación hacia la tragedia grotesca...

Es un teatro popular, de base costumbrista y tono humorístico. Su apariencia humilde le permite saltarse a la torera los mitos intangibles en la comedia del Siglo de Oro (monarquía, catolicismo, patriotismo, honor) y adoptar posiciones estéticas muy libres frente a la verosimilitud.

No olvidemos que Don Ramón de la Cruz pasa del sainete a la *tragedia para reír y sainete para llorar* que es el *Manolo;* Arniches, del sainete a *La señorita de Trevélez*. Y que el sainete no queda tan lejos, en definitiva, de una de las máximas creaciones de nuestro teatro, el esperpento.

Todo esto es de sobra conocido si no fuera porque la etiqueta supone, no pocas veces, una intención de menosprecio. Lo que importa, así pues, si la admitimos, en principio, es ver qué hace en concreto Alonso de Santos.

Su sainete –en caso de que lo sea– posee una trascendencia. Sus personajes viven en un mundo que no les pertenece, que es de otros. El humor sirve para ridiculizar a los *importantes,* a los *dueños* de este mundo: el policía disfrazado, el gobernador paternalista y retórico...

En cambio, los protagonistas, con todos sus errores, son seres auténticos: sus delitos nacen de buscar, como Dios les da a entender, el trocito de felicidad que el orden social les ha negado. El autor lo explica con toda claridad:

> Como todo mi teatro, aquí se habla de marginados, no por vocación, sino por las circunstancias, que se meten en situaciones inverosímiles; de seres que emprenden aventuras por encima de sus posibilidades y la vida les devuelve al realismo del que tratan de huir (...) La reflexión era idéntica a textos anteriores: muchos seres humanos descubren que no tienen hueco en este mundo, porque es de otros. [23]

No existe aquí el consuelo, la resignación social que solía cerrar el conflicto del sainete clásico. [24] Por eso, un compañero del autor, Fermín Cabal, lo definió con un término hoy desacreditado por el abuso, pero de muy claro significado:

"Lo que ocurre es que el teatro de Alonso de Santos, aunque a veces lo parezca, no pretende el mero apunte de costumbres y, mucho menos, la distorsión escapista. Muy al contrario, es, en el buen y anticuado sentido de la palabra, un teatro *comprometido.* Para el autor, en el mundo se da una lucha feroz entre dos concepciones antagónicas del ser humano: la que sostiene que es malo por naturaleza y la que afirma que no es para tanto". [25]

No se trata sólo de una peculiaridad social sino estética. El presunto sainete de Alonso de Santos no se limita a la estética descriptiva, costumbrista. A partir de ella, la comicidad roza muchas veces lo inverosímil, el absurdo: todos los golpes de la abuela, por ejemplo, van a parar sobre el policía, no sobre los atracadores.

Bajo la apariencia costumbrista existe también una importante vena poética. Los diálogos utilizan procedi-

[23] *Diario 16*, Madrid, 23-VIII-1985.
[24] *Obra citada* en nota 2.
[25] Fermín Cabal: "Prologo a la segunda edición" de *La estanquera de Vallecas,* Madrid, ed. Antonio Machado, 1986, pág. 12.

mientos humorísticos cercanos a Miguel Mihura o Jardiel. Las luces subrayan expresionistamente la situación, con "las negras siluetas de los delincuentes recortadas en la luz de la puerta" o alargadas de modo anti-realista por "un quinqué de antes de la guerra". La situación cobra a veces tintes esperpénticos. El Cuadro tercero se cierra con un simultaneismo que evoca el mundo cinematográfico:

> (Y el Tocho se pierde en las alturas; mientras, Leandro enciende otro pitillo, el gato sigue dándole a la queja, el gobernador se da una vuelta allá en su cama, suena a lo lejos una ambulancia cruzando la ciudad, tose la anciana en el piso de arriba, hablan de la quiniela del domingo los policías que vigilan la puerta, y empiezan a caer unas gotas de lluvia a lo tonto sobre el barrio que duerme.)

Son unos pocos ejemplos –entre otros muchos posibles– de cómo hay que entender en sus justos límites la etiqueta de *sainete*: como un marco libremente elegido y manejado con indudable libertad, sin esquematismos miméticos.

Algo semejante habría que decir de la tonalidad *social* de la obra: algo indudable pero no exclusivo, reductor. Del conflicto general pasamos con naturalidad absoluta a los individuales: el sentimentalismo y el deseo sexual de los dos jóvenes, que recurre a pautas consabidas (cinematográficas) para expresar sus impulsos espontáneos; el peso del fracaso matrimonial que arrastra Leandro; las reacciones opuestas de la Abuela, que, a partir de la cerrazón indignada, va abriéndose a una cierta comprensión...

Así pues, lo *social* no excluye, aquí, la variedad y el cuidado de lo estético; en definitiva, la complejidad de lo humano. Del mismo modo, su *realismo* incluye aquí efectos sentimentales y hasta románticos.

Un ejemplo muy concreto: el empleo, en el último cuadro, de una vieja canción popular, *Los campanilleros*. Al carácter de testimonio, referencial, se añade aquí un evidente valor nostálgico, de sentimentalismo de buena ley, puramente lírico. (En *El álbum familiar,* Alonso de Santos realiza algo semejante –y, como en el circo, más difícil todavía– con una vieja canción falangista, *Montañas nevadas*, que pierde todas sus connotaciones "heroicas" en boca de la Abuela.)

Todo eso está bañado por una visión cordial ("Poesía, cosa cordial", dijo Antonio Machado), humorística, que permite entender y aceptar las razones –ya que no la razón– que tienen todos los personajes: sus íntimos resortes, sus torceduras anímicas, sus frustraciones y sus búsquedas, su humanidad.

A propósito de esta obra, lo explicaba así su autor:

> El humor es la diferencia que existe entre nuestros deseos y la realidad. El humor es lo que pone las cosas en su sitio. El humor es una de las pocas cosas con las que el ser humano puede dar respuesta a nuestras limitaciones, que son muchas. El sentido del humor lo que nos hace es recordar que la realidad tiene muchos puntos de vista, relativiza la trascendencia, nos devuelve un poco la humanidad de ser conscientes de nuestra pequeñez. Para mí el sentido del humor es una droga, yo me coloco en la vida con sentido del humor. [26]

Nadie busque aquí distanciamientos más o menos brechtianos. Todo lo contrario: "un mundo de hoy", cercanísimo, "el pulso de nuestra vida actual"; unos personajes muy próximos, "gente a la que conozco, a la que pueda conocer"... Y, todo ello, visto con afecto, con proximidad: sintiéndolos próximos, prójimos. Mirándolos con compasión: padeciendo con ellos...

Un ejemplo significativo: con todas sus complejidades y contradicciones, la Abuela es un magnífico personaje teatral. El autor le ha dado un nombre, Justa (que subió al título de la versión chilena). Es el mismo nombre del personaje de la Madre, en la obra auto-

[26] *El Faro de Ceuta*, 18-IX-1985.

biográfica *El álbum familiar.* La dedicatoria de esta última obra nos informa de que así se llama, en la realidad, la madre del escritor.

Después de todo esto, ¿mantendríamos el rótulo *sainete?* Me parece más adecuado otro, que responde a la mejor tradición de nuestro teatro, desde Fernando de Rojas hasta Valle-Inclán: *tragicomedia.*

La estanquera de Vallecas no es un alegato, ni un estudio sobre la marginación, ni una reflexión crítica: es, ante todo y sobre todo, teatro. Está repleta de lo que constituye la raíz misma del fenómeno teatral: *conflictos.*

Mantienen nuestro interés el conflicto de los atracadores con los atracados; el conflicto de atracadores y atracados con el policía infiltrado; el conflicto –atracción y repulsión– de Tocho y la joven; al final, incluso, asoma el conflicto de Tocho y Leandro...

Conflictos, conflictos, conflictos. Todos los personajes están en permanente tensión, todos luchan por defender su vida y alcanzar sus ilusiones. El espectador asiste a todos estos combates de boxeo, trufados de efectos teatrales.

Cada personaje es un "yo dinámico", que se manifiesta por su actuación, tanto o más que por sus problemas.

Están en continuo movimiento: suben y bajan por la escalera. Intentan salir y se vuelven. Dan y reciben golpes con un tiesto, una escoba, una jarra de vino. Bailan las dos parejas. Los jóvenes se acarician y se duermen. Leandro sube "como un galgo" y baja "como un conejo". Tocho adopta poses cinematográficas y se mueve "como un león enjaulado"...

Parecen, a veces, insectos que chocan, una y otra vez, contra las paredes de cristal del vaso en que están atrapados: una situación límite, agobiante, sin salida.

Curiosamente, esta obra tan moderna, de apariencia tan espontánea, se ajusta fielmente a la regla clásica de las tres unidades. El espectador medio –estoy seguro– ni lo advertirá, porque no es algo artificialmente impuesto sino que parece surgir necesariamente de la naturaleza misma del conflicto, que así queda potenciado.

Ante todo, el *tiempo,* que juega inexorablemente en contra de los atracadores, a lo largo de 24 horas de angustia, repartidas en 4 cuadros: "un derroche de luz (...) atardece (...) es noche cerrada (...) al día siguiente por la mañana... y ha salido el sol, dentro de lo que cabe".

Continuamente está sonando, al fondo, el tic-tac de un reloj. Varias veces se insiste en ello, para que no podamos olvidarlo: "Les vamos a dar un último plazo de diez minutos (...) Tienen cinco minutos (...) Se acabó el juego".

La evidente unidad de *lugar* es más rica y compleja de lo que a primera vista puede parecer: el estanco en el que irrumpen Leandro y Tocho se completa con la puerta y el balcón del piso superior –vía de escape cerrada para ellos, abierta para el falso médico– y la puerta o puente que comunica con el mundo exterior, con su amenaza permanente: gritos de vecinos, voces de los megáfonos, focos de luz, golpes, sirenas de las ambulancias...

Todo un *pequeño mundo,* con sus múltiples tensiones –sociales y personales– delante de un mostrador de pino y unos paquetes de tabaco de colores chillones.

Unidad de *acción*, en fin, evidente, dentro de su complejidad. Como sucede con cualquier obra lograda, la aparente sencillez no es espontánea, nace del cálculo y la reflexión. ("No, no hay barbero que sepa hacer eso, por muy bien que afeite", proclamaba con orgullo un hombre de teatro como don Leandro Fernández de Moratín.) El estudio de las variantes basta para comprobarlo.

El sentido del proceso escénico parece claro: sorpresa y revelación de la auténtica realidad, que no se corresponde con las apariencias. Los papeles iniciales se invierten: los atracadores pasan a ser amigos, agredidos por la amenaza exterior; la Abuela ataca al falso médico; el policía, infiltrado para ayudarla, acaba pegando fuego al estanco... El mundo al revés, cuando caen al suelo las máscaras que el orden social ha impuesto.

No hay aquí ningún final feliz, no existe reconciliación final. Todavía se nos ofrece, como epílogo, una broma: el policía chulesco se golpea la cabeza contra el canto de la puerta, para que triunfe la justicia poética.

No podía concluir la obra de otra manera. Los relojes han estado marcando un tiempo fatal, inexorable, en un mundo que no se entiende, que no nos pertenece.

Todo esto se hace carne y sangre viva, sobre el escenario, gracias a un vehículo esencial: el lenguaje. Como en el caso de don Carlos Arniches, los equívocos son inevitables: el escritor copia la realidad, la realidad copia al escritor...

Oigamos al autor:

> En el escenario las cosas nunca son como en la calle. La gente dice que mis personajes hablan como en la calle, yo sé que es mentira: he escrito yo las frases; lo que ocurre es que yo consigo que la gente se lo crea y que no sea el lenguaje de la calle, sino que lo parezca. Igual que el lenguaje de la actualidad. Para mí el problema de los lenguajes es básico, cada personaje habla de una forma determinada, y hablamos siempre en la vida según nos va en ella. [27]

La verosimilitud –condición básica del auténtico realismo– ha funcionado gracias al acierto en el diálogo: lenguaje de la calle, sí, pero recreado artísticamente. Si la primera versión remitía al horizonte lingüístico de Arniches, las variantes posteriores lo aproximan –con moderación, eso sí– a lo que hemos denominado "cheli".

Existen, en todo caso, una evidente *voluntad de estilo* y una pluralidad de registros que –junto a otros valores– garantizan la perdurabilidad de la

[27] *Ibidem.*

obra, más allá de anécdotas temporales concretas, que pasan rápidamente.

Alonso de Santos sabe jugar, por supuesto, con la lengua coloquial, rompe las frases hechas, inventa chistes lingüísticos... A la vez, sus acotaciones nos hacen pensar en Valle-Inclán: vemos una "estampa de cartel de ciego", la música del pasodoble "debe haber visto la bandera pintada en la puerta y se pone emotiva y en su salsa".

En Valle-Inclán y en el lenguaje de las vanguardias, como señaló certeramente Francisco Umbral:

> Una creación literaria (teatral) que cuenta con el lenguaje como máximo efecto y apoyatura (...) Los lenguajes, ya que cada personaje habla el suyo (...) Un dramaturgo que cuida a tal extremo el argot de cada clase social y edad –la vieja, el gobernador, los guardias, los delincuentes juveniles, la chica– es un artista del idioma que, naturalmente, ha consumido mucha vanguardia española y extranjera, aunque, finalmente, se haya decidido por el cheli para dialogar su comedia (...) Un admirable texto de literaturas comparadas/ conjugadas: Valle-Inclán, Arniches, el cheli, Ramón, las inercias verbales de nuestras abuelas. Gran máquina verbal, ante todo, *La estanquera*. [28]

El escenario nos remite inicialmente al costumbrismo madrileño pero existe aquí una muy consciente selección del lenguaje literario. Un ejemplo solamente: la contención en el uso de las palabras "fuertes" o malsonantes.

Aparecen esas expresiones, eso sí, como voluntario contrapunto en las situaciones más sentimentales, para evitar el riesgo de la blandura o la literaturización. Por ejemplo, al final del cuadro tercero, el diálogo entrañable de los dos amigos se resuelve eficazmente con una frase barriobajera: "Anda, vete a cagar".

Llevando adelante su empresa –popular y artística– de la Barraca, Federico García Lorca quería hacer

[28] Francisco Umbral: "El neosainete", *El País,* Madrid, 13-VII-1985.

poesía *del escenario*, no poesía *en el escenario*. Con todas las diferencias, es lo mismo que pretende Alonso de Santos, como hombre de teatro avezado.

Al final de la obra, todo sigue igual. No se ha hecho realidad el sueño de la edad dorada. (Lo mismo sucedía en la conclusión de *Bajarse al moro*.) Es –ya lo sabemos– un sueño ingenuo pero que nos da la esperanza. Y, con ella, la vida.

Se ha impuesto, otra vez, la negrura del mundo: "¡Qué vida esta!", repiten, a coro, la Abuela y la nieta. Así es, pero nosotros lo hemos visto y lo hemos vivido, porque nos ha *conmovido* ese conflicto. ¿Qué lección sacarán la estanquera y la joven? ¿Y los espectadores, qué lección sacaremos?... Pese a todo, el final puede ser abierto.

A partir de una situación inicial costumbrista y con algunos recursos cómicos del sainete, la poesía teatral de Alonso de Santos nos ha llevado desde un estanco de Vallecas a las llanuras desoladas de la tragedia. Allí, sopla un viento duro pero saludable. Y grande. Valía la pena el viaje.

III. "La sombra del Tenorio"

Se estrenó esta obra en el Teatro Cervantes de Alcalá de Henares el 8 de abril de 1994. El público –tuve ocasión de comprobarlo– rió a carcajadas y aplaudió con entusiasmo. Desde entonces, ha recorrido en triunfo la geografía española.

Cuando escribo –diciembre de 1994–, todavía no se ha producido el estreno en Madrid, que tendrá lugar en el Centro Dramático Nacional (Teatro María Guerrero) a comienzos de 1995 y se ha anunciado públicamente ya un largo itinerario, que llevará la obra y a su actor por muchos teatros, dentro y fuera de España. (No existen todavía, por lo tanto, comentarios de la crítica madrileña especializada.)

No es aventurado pronosticar un éxito que se va a prolongar durante años. Si a ello unimos su vinculación con la gran obra del teatro popular español, no es de extrañar que se incorpore desde su comienzo a la colección Clásicos Castalia.

Ésta fue la ficha técnica del estreno:

Reparto

Saturnino Morales-Ciutti-Don Juan .	*Rafael Álvarez*, "*El Brujo*".

Cuadro artístico-técnico

Escenografía.......	*Rafael González*
Diseño ilumin.....	*Gerardo Malla*
Música original...	*Javier Alejano*
"Pasodoble"	Compuesto por *Irene del Olmo*
Músicos	*Antonio Ximénez López* (trompeta)
....	*Juan Muro Martínez* (clarinete)
....	*M. Villoria Lanchas* (trom. acordeón)
....	*Teresa Sayas Vardulet* (percusión)
....	*Margarita Argedas Rizzo* (voz)
Vestuario............	*Mercedes Sevilla*
Diseño gráfico....	*Rafael González*
Fotografias.........	*Chicho*
Caracterización ..	*José Antonio Sánchez*
Real.escenogr.	*Tajuela Decorados*
Real.vestuario	*Aurora García*
Est. grabación	*Track, S.A.*
Téc. iluminac.	*Aníbal Juan López*
Regidor	*Marina Fernández*
Ayud. produc.	*Eva de A. Paniagua*
Ayud. dirección..	*Carlos Bernal, Nieves Gámez*
Colab. dirección.	*Emma Cohen*
Direc. produc.	*Jesús F. Cimarro*
Dirección.	*Rafael Álvarez*

Y ésta, la nota que escribió, con ese motivo, su autor:

Mi paisano Zorrilla me llamó un buen día por teléfono desde el más allá –le saldría la conferencia por un pico, dada la larga distancia–, y me habló con voz de tumba, ya un poco deteriorada por los años:

–Alonso de Santos, ¿no te da vergüenza ser un escritor tan poco romántico, siendo de Valladolid?

–¿Y eso tiene que ver?– le dije yo.

–Tú ya no lo recordarás, pero cuando salías del Instituto siempre te quedabas los días de verano un ratito al lado de mi estatua, y yo te cogí cariño. Entonces pensabas orgulloso que seguirías mi tradición, te harías romántico, y escribirías *Don Juan Tenorio*.

–Esa obra ya está escrita D. José. La escribió usted copiando la de Tirso de Molina. ¿No se acuerda?

–¡Cómo no me voy a acordar, si me tocó verla representar después miles de veces en los homenajes que me hacían! ¡Una pesadilla!

–Además, si quiere que le diga la verdad, a mí el personaje ese de *Don Juan*, a pesar de ser tan español, me parece un fanfarrón de mucho cuidado. A mí lo que más me gusta de su obra es el personaje de *Ciutti.*

–*¿Ciutti?* ¿El criado? Desde luego lo que ha cambiado España últimamente. Es el maldito realismo; y lo social, que os ha convertido a los escritores en monjas de la caridad.

Y me colgó el teléfono en exagerado desplante personal, como corresponde a un escritor airado, de chistera y perilla. No me dio tiempo a decirle que si me paraba de pequeño bajo una estatua en los días de mucho sol no era por admiración y respeto, sino para protegerme unos minutos con su sombra.

Le conté esta pequeña historia de Zorrilla y su sombra a mi querido amigo, socio y gran actor Rafael Álvarez "El Brujo", y decidimos hacer juntos un espectáculo. Están ustedes a punto de ver el resultado, cuando se levante el telón. Rafael Álvarez salga a escena y la magia de su interpretación inunde sus vidas.

Que ustedes lo disfruten.

Apresurémonos a subrayar, desde el comienzo, un nombre básico para entender esta obra, el de Rafael Álvarez, "El Brujo", protagonista y director del monólogo.

Se trata de un actor singularísimo. Aunque proceda de las filas del teatro independiente, se ha convertido rápidamente en una verdadera "estrella". Posee una voz peculiarísima, con tartamudeos, cambios de velocidad y registros sonoros muy variados. Su capacidad mímica parece recuperar muchos "tics" de los tradicionales actores de carácter. Tiene, sobre todo, una *vis cómica* –otra expresión que ya casi no se usa– extraordinaria. He comprobado muchas veces cómo un simple gesto o inflexión de voz le sobran para provocar automáticamente la hilaridad.

El gran público lo descubrió, quizá, con el personaje del limpiabotas Búfalo, en la serie televisiva *Juncal,* escrita por Jaime de Armiñán y protagonizada por Francisco Rabal; en el teatro, con el monólogo *El pícaro,* escrito por Fernando Fernán Gómez.

Creo que "El Brujo" ha alcanzado ya lo que es privilegio de muy pocos actores (entre nosotros, salvando todas las diferencias, Lina Morgan, Fernando Fernán Gómez, Concha Velasco, José María Flotats o Ángel Pavlovski): un público fiel, que llena las salas cuando actúan, sea cual sea el texto.

Como ya he mencionado, Alonso de Santos es gran amigo de Rafael Álvarez: para él escribió otro monólogo, *El gran Pudini.* (*Alea jacta est*) (1982), en el que aparecía como un pintoresquísimo soldado romano.

El éxito de *El pícaro* ha podido influir también algo en la escritura de esta obra. No olvidemos que hoy, en la escena española, casi todos los actores de categoría sueñan con un monólogo de éxito, por las facilidades que ofrece para la gira.

Escribe Alonso de Santos la obra para su amigo y colaborador habitual. La produce Pentación, la empresa creada por los dos. Aparece también el actor como responsable de la dirección del espectáculo, pero mucho me extrañaría que no hubiera colaborado en los ensayos el autor, que suele realizar también esta tarea.

En cualquier caso, quiero subrayar que, en mi modesta opinión, "El Brujo" es –para bien y para mal–

un actor relativamente "incontrolable". Su personalidad es tan grande que, de modo inevitable, tiñe en buena medida cualquier texto que interprete.

Todo esto son antecedentes que me parecía necesario mencionar. Volvamos ya a la obra. Aclaremos, ante todo, una cosa: se trata de un monólogo teatral, escrito para la escena. Sin embargo, lo que aquí podemos leer difiere algo de lo que es habitual en un texto dramático. Respeto así la voluntad del autor, que ha elegido, para la edición, una presentación próxima a lo narrativo. (No olvidemos que, en los últimos años, Alonso de Santos ha publicado un par de relatos.)

En el texto definitivo que presenta para la edición el autor, la obra no se divide en actos o escenas sino en XVI Cuadros. Cada uno de ellos, como en la novela tradicional, van encabezados por un titulillo que introduce y resume su contenido: "En que da comienzo la historia (...) Donde se habla de (...) Aquí se trata..." Oímos exclusivamente la voz del autor-narrador, eso sí, sin comentarios o descripciones, pero sí se nos ofrecen, entre paréntesis, las acotaciones escénicas.

No me parece necesario profundizar más aquí en el posible problema genérico. Estamos sin duda –repito– ante un monólogo escénico. El protagonista recuerda su vida; dialoga con una interlocutora silenciosa que juega un papel importante, como luego veremos; revive sus experiencias... De cara a la lectura, no difiere demasiado de un relato en primera persona, como son tan frecuentes en nuestro siglo, desde la Molly Bloom del *Ulises* hasta Carmen, la que pasa *Cinco horas con Mario* (No es extraño que ambos monólogos hayan sido llevados hace poco a la escena.)

A todo eso hay que añadir que el Cuadro XII es un *entremés,* en el sentido etimológico de la palabra: un manjar breve y ligero entre platos de mayor entidad. Algo así como el sorbete de apio que nos ofrecen, para cambiar el sabor, a la mitad de un menú largo y estrecho, en un restaurante de nueva cocina.

El que haya presenciado la representación sabe que este entremés va incorporando las experiencias del actor, en distintos lugares. En diálogo directo con el público, intercala y comenta anécdotas jocosas, para culminar con algo típico del teatro popular de todos los tiempos: la rifa de un jamón entre los espectadores, acogida siempre por ellos con enorme regocijo, aunque algunas críticas de periódico la hayan considerado recurso demasiado simple. (Con toda seguridad, al crítico en cuestión no le tocó el jamón, en el sorteo.)

Imagina Alonso de Santos a un viejo cómico, Saturnino Morales, en los últimos días de su vida, que está recogido en un hospital de caridad. La acción se sitúa en los años 60, con lo que las anécdotas teatrales pueden remontarse a los ambientes de pre o postguerra.

Por este lado, la comedia coincidiría algo con dos obras recientes y entrañables: la novela –y película– de Fernando Fernán Gómez, *El viaje a ninguna parte,* y la serie televisiva de Jaime de Armiñán, *Una gloria nacional.*

En el Cuadro IX, evoca Saturnino la fascinación que sintió por el teatro y cómo ese "mundo de maravillas" contrasta luego con la aspereza de la realidad cotidiana. Es algo semejante –me parece– a lo que presentan dos películas excelentes: *Cómicos*, una de las más entrañables de Juan Antonio Bardem, quizá por reflejar la vida de su familia, y *Luci di varietá,* la *opera prima* de Federico Fellini.

El actor inventado por Alonso de Santos representó, toda su vida, el papel de Ciutti, el criado de *Don Juan Tenorio*. Según una tradición venerable, era un camarero, de origen italiano, que sirvió chuletas a Zorrilla y los amigos de su tertulia, en el café del Turco.

En el drama romántico, Ciutti continúa la tradición de la figura del donaire:

> Tiene la astucia y la gracia picaresca de los graciosos tradicionales y como ellos se precia de ser amigo de la

buena vida ('buenas mozas y buen vino'). Es fanfarrón y miedoso como corresponde a su papel, con algo de perezoso y de aprovechado que completa el modelo. [29]

Ciutti sirve a Don Juan desde hace un año. Le respeta y quiere que le respeten, porque vive a su costa y también porque le admira. Hace todo lo que él le pide: denuncia a D. Luis, libra de la cárcel a su amo, se ocupa de atrapar a su rival. La inteligente Brígida le define: "¡Qué mal bicho! (...) ¡Gran bribón!" [30]

Recordemos el título de Alonso de Santos: Ciutti es, evidentemente, *la sombra del Tenorio;* a la vez, el que siempre le acompaña y el que permanece en segundo plano, mientras su amo acapara los focos de la atención pública.

La palabra *sombra* nos sitúa, indudablemente, en un ámbito cercano al romanticismo. (No olvidemos, por ejemplo, *El hombre que perdió su sombra,* de Chamisso.) En la Segunda Parte del *Tenorio,* las sombras juegan un importante papel: son sombras "fieras" o "livianas", "espectros", "delirio"...

En su confusión, el héroe romántico toma a los vivos (Centellas, Avellaneda) por sombras. A la inversa, duda si las sombras que ve no son imaginarias sino muy reales:

> ¡Mas si éstas que sombras creo
> espíritus reales son,
> que por celestial empleo
> llaman a mi corazón! [31]

La primera de estas sombras es, por supuesto, la de Doña Inés, la amada muerta: "La Sombra de Doña Inés" se denomina al personaje, en la Segunda Parte de la obra. Y la adjetiva: "sombra querida".

[29] Claude Cymerman: *Análisis de "Don Juan Tenorio"*, Buenos Aires, Centro Editor de América Latina, 1968, pág. 41.
[30] Primera Parte, Acto II, v. 403 y 406.
[31] Segunda Parte, Acto II, v. 249-253.

El héroe romántico vive permanentemente entre la realidad y el ensueño:

> ...corriendo desatentado
> siempre de sombras en pos. [32]

Lo definió otro poeta romántico, Gustavo Adolfo Bécquer: "Huésped de las nieblas..." Por eso utilizó esa expresión Rafael Alberti, *nuestro contemporáneo:* porque todos nos movemos en ese permanente balanceo.

Al final de la obra de Zorrilla, por supuesto, es la Sombra enamorada de Doña Inés la que hace volver a sus sepulcros a las sombras amenazantes y procura la salvación de Don Juan.

En la obra de Alonso de Santos –ya lo veremos– actuará también la Sombra de Doña Inés, junto a la del Tenorio: Sor Inés aparece como una "sombra", en paralelismo con Saturnino-Ciutti, sombra de Don Juan.

En la amplia tradición burlesca de parodias y anécdotas humorísticas sobre el *Tenorio,* son muchísimas las que se refieren a Ciutti o al actor que lo representa. Aquí, ante todo, este personaje supone un punto de vista social: es el pícaro, el gracioso, el anti-héroe. Una vez más, en la obra de Alonso de Santos, el protagonista es un marginado, un ser humano que siente que *el mundo es ancho y ajeno.*

El actor que representa a Ciutti ha soñado siempre con el papel de Don Juan: es un papel mejor, más largo, más lucido. El teatro es aquí, también, una metáfora de división de la sociedad en clases:

> Y en los papeles del teatro hay la misma diferencia que en la vida entre criados y señores: unos son los protagonistas, otros hacen los recados. Y no hay color, hermana.

Saturnino ha sido toda su vida un hombre de teatro: un cómico, un comediante. Como tantos españoles, no cree en el infierno pero sí en Dios y recuerda con nostalgia los tiempos en que podía retozar con una buena moza...

[32] Segunda Parte, Acto II, v. 287-288.

A través de este personaje, da nueva forma dramática Alonso de Santos al venerable *tópos* del gran teatro del mundo. Dentro de eso, no sigue la concepción que subraya la inanidad de la vida ante la muerte, ya se conciba como destrucción (estoicismo) o paso a otra realidad más real (cristianismo platónico), sino la que insiste en la falsedad de los papeles sociales, que sólo son apariencias colocadas sobre la igualdad básica de los hombres.

Así lo definió –por influencia, quizá, de Erasmo– Don Quijote: "Pues lo mismo acontece con la comedia y trato de este mundo, donde unos hacen los emperadores, otros los pontífices y, finalmente, todas cuantas figuras se pueden introducir en una comedia: pero en llegando al fin, que es cuando se acaba la vida, a todos los quita la muerte las ropas que los diferenciaban, y quedan iguales en la sepultura".

El hidalgo manchego conocía esto muy bien "porque desde muchacho fui aficionado a la carátula y en mi mocedad se me iban los ojos tras la farándula". Igual que a Saturnino.

El viejo cómico ha sido un desclasado, ha permanecido al margen de la jerarquía social: un pobre hombre. Sin embargo, su experiencia teatral le ha hecho sentir en su carne que la sociedad nos atribuye a cada uno un papel del que no podemos escaparnos:

> Odié el papel desde el primer día que lo representé. Y cuanto más lo odiaba, mejor decían que lo hacía. Y cuanto mejor lo hacía, más lo odiaba y más se me quedaba pegado para siempre a la piel. ¡Ciutti! Durante un tiempo probé a hacerlo mal, a ver si así me lo quitaban y se lo daban a otro. Pero ni por esas. Los caminos del arte son tan misteriosos e insondables como la vida misma, hermana.

El papel que la sociedad nos ha atribuido nos obliga a comportarnos de una determinada manera:

> El que hacía de don Juan ya sabía que entre las obligaciones del papel estaba el dejar bien alto el estandarte del personaje que representaba, por las tierras que recorríamos.

A su manera popular, espontánea, Saturnino ha vivido una experiencia que, en nuestro tiempo, ha sido subrayada especialmente por el existencialismo: todos estamos representando, fuera de los escenarios. La hipocresía social nos lleva a todos a *jouer la comédie*. Actuamos conforme a lo que se espera de nosotros, al papel que la sociedad nos ha atribuido. (En inglés, es una frase usual: "*What am I supposed to do*?") Nos atrae disfrazarnos, pero cualquier vestido es un disfraz. Nos ponemos y quitamos máscaras hasta que una, la última, se apodera de nuestra cara; Marcel Marceau, en su creación de *El fabricante de máscaras,* ha expresado con singular dramatismo lo que ya definió nuestro Larra: "El mundo todo es máscaras, todo el año es Carnaval". Lo propio de cualquier hombre –actor o no– es *ensayar.*

Un paso más: para Saturnino, actuar en el teatro ha sido –a su manera– una especie de sacerdocio al que ha consagrado su vida. Por eso, viejo y enfermo, sigue poniéndose las ropas de Don Juan "como en un ritual religioso cargado de emoción (...) como la casulla que se ponen los curas para recibir a Dios".

Estas presuntas trascendencias se ocultan, púdicamente, tras un lenguaje coloquial, lleno de expresividad popular: morir, por ejemplo, es "estirar la pata" o "estar en la caja más tieso que un bacalao".

Ese lenguaje alterna, en contraste humorístico, con la retórica aprendida en el teatro: Zorrilla es "aquel insigne escritor de las tierras del Pisuerga, que pasa por Valladolid"; su situación actual es "esta postrera hora de mi existencia". Los versos aprendidos de memoria han impregnado, también, su manera de ver y enfrentarse a la realidad.

Otro *tópos* renovado aparece en la comedia, el de las lágrimas del payaso:

> Y le daba la risa al respetable, al fin y al cabo daba igual, porque yo era el actor secundario, el 'gracioso', y formaba parte de mi papel el sufrir penalidades en la vida, y en el escenario, para escarnio mío y disfrute ajeno.

En realidad, lo que hace aquí Alonso de Santos es seguir fiel a una concepción del teatro –y de la vida– como tragicomedia. Es humano, por eso, que Saturnino se rebele contra su papel, a la vez que se pregunta si será capaz de asumir otro…

Le cuenta el cómico a Sor Inés el sufrimiento que causó a Zorrilla la mala relación con su padre; en realidad, está aludiendo a lo que también le pasó a él.

Unos versos del *Tenorio* que "vienen a cuento" le sirven a Saturnino para aludir discretamente a otro drama personal:

> ¡Quién pudiera, doña Inés,
> volver a darte la vida!

En realidad, está llorando por su mujer:

> Yo creo que se murió de soledad, que es la peor enfermedad del mundo. En parte yo fui el culpable con mis ausencias.

El teatro, que le había hecho perder a su mujer, le dio un nuevo amor. Oyéndole recitar los versos de Ciutti, "ella me miró y se rió. Yo la volví a mirar y ella a mí. Y nos enamoramos".

Lo malo es que ella, aunque lo intentó, no servía para el teatro, porque tenía frenillo. Por eso le cogió manía y lo abandonó por un sargento chusquero. Podríamos decir: "El teatro se la dio, el teatro se la quitó. Bendito sea su santo nombre".

Utiliza Alonso de Santos uno de los recursos más viejos y de efecto más infalible, el del teatro dentro del teatro:

> Imagínese que estamos en el teatro, Sor Inés, y que esto está lleno de público. Allí delante está el escenario, hermana.

Aparentemente, se le da la vuelta al truco, al imaginar que, en vez de vivir la realidad, se está haciendo teatro… y ésa es la realidad: se está haciendo teatro.

Nosotros somos el público inventado por este personaje en un sutil juego entre lo real y lo imaginario:

> ...Podemos inventar que lo mismo que en los teatros se hace que lo que pasa en el escenario parezca que pasa de verdad en la vida, aquí, al revés, nos imaginamos que, en vez de estar en la vida, estamos en un escenario. Y que allí, hermana, en vez de haber una pared, están las butacas con el público. Mucho público, porque yo siempre he tenido mucho público, aunque me esté mal el decirlo, así que lo lógico es que también esta vez tenga un lleno. Cierre los ojos de la realidad, hermana, y abra los de la fantasía. ¡Mire! ¿Lo ve? ¡Es un teatro! ¡Un teatro grande, con butacas, cortinas, palcos y luces en lo alto...!

Este juego pirandelliano tiene lugar en el Cuadro VII, casi en la mitad de la obra. Antes, Alonso de Santos va alternando bromas y veras, en los distintos cuadros: presentación (I), aumenta lo cómico con la historia de Don Juan (IV), el teatro y la vida (V)... A partir de ahí, recuerda Saturnino algunos pormenores de su biografía: su padre (VIII), su esposa (IX), otros amores (X). Por si el público pudiera comenzar a sentir cansancio, el Cuadro XII es el comiquísimo entremés, rifa del jamón incluida.

Quedan ya sólo cuatro cuadros. El XIII es muy importante, con una serie de reflexiones sobre el tiempo, el amor y la muerte. Después de lo cómico, llegamos aquí a una cima, a un *primer final* de la obra. Vuelve luego el humor (XIV) con las formas de representar el *Tenorio*. El penúltimo (XV) se abre a un sueño y el XVI concluye la historia.

A partir de la mitad de la obra, aproximadamente, el viejo cómico recurre a los versos de *Don Juan Tenorio* para expresar sus propios sentimientos. Incluso se apropia de palabras sueltas, casi disimuladamente.

Veamos un ejemplo: “Esa campana que suena me recuerda, como si por mí tocara, que el día se acerca y el plazo se acaba” (Cuadro XIII).

Corresponde a esto:

ESTATUA: Aprovéchale con tiento
(*tocan a muerto*)
porque el plazo va a expirar
y las campanas doblando
por ti están... [33]

El *tempo* psicológico se ha ido acelerando. En la mente calenturienta del cómico enfermo, la destinataria de sus palabras, la inmóvil Sor Inés (estatua o actriz: da igual) pasa a ser también su moza, que acabó siendo monja:

> Al fin y al cabo, no estáis tan lejos una de la otra, y si yo puedo pasar de Ciutti a Don Juan, vos podéis pasar de Sor Inés a doña Inés con más facilidad.

Así se cierra el círculo de sueños y realidades.

Don José Zorrilla –la obra nos lo recuerda– nació en Valladolid. Su paisano Alonso de Santos ha querido hacer aquí un homenaje a la obra que mejor representa, en la historia de nuestra escena, su propio ideal: un teatro popular, que el pueblo puede aprenderse de memoria, identificarse con él, sentirlo tan próximo como algo suyo.

Ha pretendido Alonso de Santos dar ocasiones de lucimiento a un gran actor, amigo suyo desde hace mucho. Y, a través de él, rendir homenaje al mundo de los cómicos, al teatro.

Para ello, ha inventado numerosos afectos de clara comicidad. Así, contar la historia entera del *Tenorio* reduciéndola a los hechos, con una enumeración telegráfica de eficacia segura. En esto se queda, por ejemplo, toda la Primera Parte del drama romántico:

> Mire: ¡Ya están ahí! ¡Empieza ya! Peleas, enredos, vicios, crímenes... La luna que aparece, tapias de conventos que

[33] Segunda Parte, Acto III, v. 108-111.

> bajan... Máscaras, antifaces, embozados, caballos que galopan... Misterio en las calles de Sevilla. Y el Guadalquivir, otro decorado. Y allí el amor en una apartada orilla. El amor y la muerte. El duelo. ¡Pum! Don Gonzalo de un pistoletazo: muerto. Ahora va a caer don Luis Mejía, atravesado por la espada de don Juan. ¡Zas! El Tenorio que huye al abrigo de la noche, por las aguas del río, en un velero bergantín. Cae el telón. El descanso.

Nótese cómo parece una visión–caricaturesca, eso sí– *desde dentro,* subrayando los elementos del *atrezzo*, cambios de decorado y alguna frase que le sirve, al actor, de recordatorio.

Imagínese lo que puede hacer un actor expresivo y gesticulante con esta especie de *Reader's digest* del *Tenorio...*

Otras veces bastará con sacar de su contexto sentimental alguna escena del drama de Zorrilla: la escena del sofá entre vacas, por ejemplo (Cuadro XI). O en recoger anécdotas, tomadas de la tradición que existe sobre *La historia de don Juan Tenorio.* [34]

Se ríe el público cuando Rafael Álvarez adopta, en broma, poses y palabras del *Tenorio.* Pero no es eso todo: también disfrutan –lo he podido comprobar– cuando el actor deja las bromas y recita, más o menos en serio, los versos de Zorrilla. Por ejemplo, al aparecer de golpe, detrás de la cama, vestido por completo como Don Juan.

Así pues, lo que hace Alonso de Santos es mantenerse fiel a su línea tragicómica, al recrear este gran mito. Insisto en esto: su humor no lo destruye, no quiere desmitificar. Todo lo contrario: por la vía irónica, lo realza y lo acerca a nosotros.

En el penúltimo Cuadro (XV), cuenta el actor un extraño sueño que tuvo: en vísperas de un estreno, se ve, ante el público, vestido de Brígida. Recuerda Alonso

[34] Éste es el título de la recopilación en la que se ha inspirado, si no me equivoco, Alonso de Santos. Se publicó, sin fecha, en Madrid, en la colección La Novela Teatral, dentro de un volumen que incluye también obras de Benavente, Torres del Álamo y Asenjo, Linares Rivas, Paradas y Giménez, Muñoz Seca y Pérez Fernández, Tomás Borrás, Ramos Carrión y Antonio Palomero.

de Santos, probablemente, la conocida anécdota de Valle-Inclán, que obtenía buenos éxitos representando este papel, con su barba, en el teatro de casa de los Baroja.

A la vez, no hace falta haber estudiado psicología (Alonso de Santos sí lo hizo) para entender a dónde apunta: en una situación angustiosa, comprueba con horror que su vestimenta no corresponde a su papel; esto es, a su vida.

Acaba de decirle a Sor Inés:

> Pero aún no tengo las botas puestas, hermana.

Esas botas le son necesarias para afrontar su papel. Y también para encarar el final de su vida. (Difícil será olvidar la película que nos hizo llorar, de chicos: *Murieron con las botas puestas.*)

Vuelve, al final, a la metáfora básica: *el mundo comedia es.* Y le añade otro *tópos* tradicionalísimo, *la vida es sueño:*

> ¡El teatro es como la vida, hermana, pura apariencia! Una máscara. Y un sueño...

Concluye todo, una vez más –no podía ser de otra manera– con la gran metáfora teatral: el único final posible para la obra es la muerte del protagonista.

Hasta entonces, el papel de *sombra del Tenorio* ha tenido un valor social, existencial, sacerdotal... Ahora, se añade otro más. Es, para el pobre cómico, su personal esperanza de salvación, que sólo puede llegarle por el teatro y gracias al amor de una mujer. Sor Inés puede ser ya Doña Inés y Saturnino soñar con que "al final de la obra y guiada de vuestro amor me llevaréis de la mano a presencia del mismísimo Dios".

Muere el comediante en escena y muere teatralmente, recibiendo los aplausos del público:

> ...y suenan los aplausos, muchos y fuertes aplausos, que esa es la mejor manera que existe de ayudar a vivir, y a morir, a un cómico: aplaudiéndole.

Ése es el final de Saturnino Morales, de Don Juan Tenorio, de Ciutti y de la comedia.

La despedida final –el actor nos lo dice– tiene un aire romántico, histriónico y tragicómico:

> ...como corresponde a tan insigne personaje y a tan insigne actor.

Y un guiño más:

> ...el papel tiene miga, y puede uno lucirse con él, pero también estrellarse. Es de aventuras, pero romántico, de canalla, pero tiene que caer bien, de joven al principio, y de mayor en el segundo acto, y con tantos cambios y retruécanos que casi hace más falta un brujo para representarlo que un actor.

Ése es el que lo ha representado: un *Brujo*.

Nos hemos reído, nos hemos emocionado, gracias a dos grandes hombres de teatro. Lo sabía bien Don Quijote:

> Todos son instrumentos de hacer un gran bien a la república, poniéndonos un espejo a cada paso delante, donde se ven al vivo las acciones de la vida humana, y ninguna comparación hay que más al vivo nos represente lo que somos y lo que habemos de ser como la comedia y los comediantes.

Y el Licenciado Vidriera:

> Son necesarios en la república como lo son las flores, las alamedas y las vistas de recreación, y como lo son las cosas que honestamente recrean.

ANDRÉS AMORÓS

NOTICIA BIBLIOGRÁFICA

"LA ESTANQUERA DE VALLECAS"

1. Madrid, ed. La Avispa, 1982.
2. Madrid, ed. Antonio Machado-SGAE, 1ª edición, prólogo de Fermín Cabal, 1986.
3. Madrid, ed. Antonio Machado-SGAE, 2ª edición, prólogos de Fermín Cabal, 1986.
4. Edición y estudio de Mª Teresa Olivera Santos (junto con *¡Viva el duque, nuestro dueño!*), Madrid, ed. Alhambra, 1988.
5. En *Teatro Español Contemporaneo.* (*Antología*), con prólogo de Mª Teresa Olivera Santos, Madrid, Centro de Documentación Teatral, 1992.

Traducción al inglés
The vendor from Vallecas, trad. por Gary E. Bigelow, Western Michigan University, 1988.
En prensa: trad. por Ph. Zathy Boring, ed. Estreno.

Traducción al francés
En prensa: trad. por Pascale Paugam, Bureau Littéraire Internacionale Marguerite Scialtel.

"LA SOMBRA DEL TENORIO"

Ésta es la primera edición de esta obra.

BIBLIOGRAFÍA SELECTA

1. Obras teatrales de Alonso de Santos
(Por orden cronológico de las primeras ediciones.)

¡Viva el duque, nuestro dueño!, Madrid, ed. Vox, 1975. Existe también edición de Mª Teresa Olivera Santos, junto con *La estanquera de Vallecas,* Madrid, ed. Alhambra, 1988.

El combate de don Carnal y doña Cuaresma, Madrid, ed. Aguilar, 1980.

El álbum familiar, Madrid, *Primer Acto,* nº 194, 1982. Existe también edición de Andrés Amorós, junto con *Bajarse al moro,* Madrid, ed. Espasa Calpe, col. Austral, 1992.

La verdadera y singular historia de la princesa y el dragón, Valladolid, ed. Miñón, 1982.

La estanquera de Vallecas, Madrid, ed. La Avispa, 1982.

Bajarse al moro, Madrid, eds. Cultura Hispánica, 1985. Edición de Fermín Tamayo y Eugenia Popeanga, Madrid, ed. Cátedra, col. Letras Hispánicas, 1988.

En *Teatro en democracia. Seis dramaturgos españoles del siglo XX,* estudio de Domingo Ynduráin, Madrid, ed. Primer Acto-Girol Books, 1989.

Edición de Andrés Amorós, junto con *El álbum familiar. Del laberinto al 30,* Univ. de Cincinnatti, *Estreno,* nº 2, v. XI, otoño 1985.

Junto con *Pares y nines:* Madrid, ed. Fundamentos, 1991.

Fuera de quicio, Toledo, Ayuntamiento, 1985.

La última pirueta, Madrid, ed. Antonio Machado-SGAE, 1990.

Pares y nines, Madrid, ed. Antonio Machado-SGAE, 1990. Junto con *Del laberinto al 30,* prólogo de Eduardo Galán, Madrid, ed. Fundamentos, 1991.

Trampa para pájaros, Madrid, ed. Marsó-Velasco, 1991. En *Teatro realista,* estudio de Eduardo Galán, Madrid, ed. Edelvives, 1993.

2. Otras obras de Alonso de Santos

En colaboración con Fermín Cabal: *Teatro español en los años 80,* Madrid, ed. Fundamentos, 1985.

Paisaje desde mi bañera, Madrid, ed. Espasa-Calpe, 1993.

¡Una de piratas!, Madrid, eds. SM, col. Catamarán, 1994.

3. Algunos estudios sobre Alonso de Santos

Amorós, Andrés: "Prólogo" a *El álbum familiar. Bajarse al moro,* Madrid, ed. Espasa-Calpe, col. Austral, 1992.

Cabal, Fermín: "Prólogo" a *Bajarse al moro. La estanquera de Vallecas,* Madrid, ed. Antonio Machado-SGAE, 1986.

Galán Font, Eduardo: "Alonso de Santos o el arte de comunicarse con el público", en *Pares y nines*, Madrid, ed. Fundamentos, 1991.

—: "Dos mundos frente a frente", *Primer Acto,* nº 210-211, Madrid, 1985.

—: "Humor y sociedad en el teatro de Alonso de Santos", *Primer Acto,* nº 227, Madrid, 1989.

Haro Tecglen, Eduardo: "Prólogo" a *Bajarse al moro,* Madrid, eds. Cultura Hispánica, 1985.

—: "Epílogo para un prólogo", en *Bajarse al moro. La estanquera de Vallecas,* Madrid, eds. Antonio Machado-SGAE, 1986.

Lázaro Carreter, Fernando: "Prólogo" a *¡Viva el duque, nuestro dueño!*, Madrid. ed. Vox, 1980.

Leonard, C.: "Introducción al teatro de J.L. Alonso de Santos", *Estreno,* 1985.

Londre, Felicia: "Introducción", en Patricia W. O'Connor: *Plays of the New Democratic Spain (1975-1990),* University Press of America, 1992.

Malla, Gerardo: "Prólogo" a *Fuera de quicio*, Madrid, eds. Antonio Machado-SGAE, 1988.

Medina, Miguel: "La poética de Alonso de Santos", *Primer Acto*, nº 243, Madrid, 1992.

—— : *Los géneros dramáticos en la obra teatral de José Luis Alonso de Santos,* Madrid, eds. Libertarias-Asociación de Autores de Teatro, 1993.

Monleón, José: "Imagen de un hombre de teatro", *Primer Acto,* nº 194, Madrid, 1982.

Moreiro Prieto, Julián: *El teatro español contemporáneo (1939-1989)*, Madrid, ed. Akal, 1990.

Oliva, César: *El teatro desde 1936,* Madrid, ed. Alhambra, 1989.

Olivera Santos, Mª Teresa: "Estudio" en *¡Viva el duque, nuestro dueño! La estanquera de Vallecas*, Madrid, ed. Alhambra, 1988.

—— : "Una apuesta por lo inverosímil", en *Teatro español contemporáneo. (Antología),* Madrid, Centro de Documentación Teatral, 1992.

Paraíso, Isabel: *La literatura en Valladolid en el siglo XX (1939-1989),* Valladolid, Ateneo, 1990.

Tamayo, Fermín y Popeanga, Eugenia: "Estudio", en *Bajarse al moro,* Madrid, ed. Cátedra, col. Letras Hispánicas, 1988.

Umbral, Francisco: "El neosainete", *El País*, Madrid, 13 de julio de 1985.

Ynduráin, Domingo: "Estudio", en *Teatro en Democracia. Seis Dramaturgos españoles del siglo XX,* Madrid, ed. Primer Acto-Girol Books, 1989.

Zatlin, Phyllis: "Three playwrights in search of their youth", *Estreno,* 1985.

NOTA PREVIA

PARA la edición de *La estanquera del Vallecas*, he utilizado el texto incluido en la antología *Teatro español contemporáneo,* corrigiendo algunas erratas.

Este texto es el considerado definitivo por su autor, que ha introducido en él bastantes correcciones con respecto a la primera edición. En general, ha pasado de un lenguaje arnichesco, propio del sainete tradicional, a otro, más cercano al cheli. Además de eso, ha limitado mucho las grafías fonéticas, apócopes y palabras malsonantes. Otras correcciones muestran su cuidado en los enlaces del diálogo teatral: introduce, prepara, subraya, conecta...

Señalo en nota algunas variantes de la primera edición: solamente las que me parecen más significativas.

Teniendo en cuenta que este libro puede ser usado por estudiantes de español en el mundo entero, he introducido también, en nota, algunas aclaraciones lingüísticas. Para ello, además de los diccionarios académicos, he utilizado otros: Manuel Seco: *Arniches y el habla de Madrid,* Madrid, ed. Alfaguara, 1970. Camilo José Cela: *Diccionario secreto,* Madrid, Alianza Editorial, 1974. Jaime Martín: *Diccionario de expresiones malsonantes del español,* Madrid, ed. Istmo, 1974. Víctor León: *Diccionario del argot español*, Madrid, Alianza Editorial, 1980. Francisco Umbral; *Diccionario cheli,* Barcelona, ed. Grijalbo, 2ª edición, 1983. Juan Manuel Oliver: *Diccionario de argot,* Madrid, ed. SENAE, 2ª edición, 1987. Ramoncín: *El tocho cheli.* (*Diccionario de jergas, germanías y jerigonzas*), Madrid, eds. Temas de Hoy, col. El Papagayo, 1993. A todos ellos agradezco su información.

También hago algún comentario, en notas a pie de página. Pido disculpas al lector que las considere superfluas.

Como ya he indicado, en el momento de realizar esta edición, *La sombra del Tenorio* está inédita: he utilizado una copia mecanográfica, corregida por su autor, y anotado, fundamentalmente, los versos concretos del *Don Juan Tenorio* que se intercalan en la obra.

Agradezco la ayuda de José Luis Alonso de Santos y de Nieves Gámez.

A. A.

LA ESTANQUERA DE VALLECAS

Personajes

ESTANQUERA
LEANDRO
TOCHO
ÁNGELES
POLICÍA

NOTA DEL AUTOR

DURANTE siglos sólo se habló en el teatro de Dioses y Reyes. Luego pasó a los Nobles Señores el protagonismo y, tras férrea lucha, la burguesía naciente logró apoderarse del arte escénico y hacer de él un confesionario exculpatorio de sus trapicheos sociales.

De cuando en cuando aparecía un "subgénero" con personajes de las clases "humildes": Sainete, Entremés, Género Chico, Costumbrismo social..., pero siempre considerado como "arte menor".

El "Arte Mayor" seguía –y sigue– siendo la "Alta Comedia" (es decir, la comedia de los altos, no de estatura, sino de lo otro), que es la que cubre y sostiene la mayor parte de nuestro teatro al uso.

Al autor que esto suscribe –que presume de humilde cuna y condición–, le es sumamente difícil poder escribir acerca de Dioses, Reyes, Nobles Señores, ni Burguesía acomodada, porque, la verdad, no los conoce apenas –sólo los sufre–. Por eso anda detrás de los personajes que se levantan cada día en un mundo que no les pertenece buscando una razón para aguantar un poco más, sabiendo que hay que aferrarse a uno de los pocos troncos que hay en el mar, si te deja el que está agarrado antes, porque ¡ay! ya no hay troncos libres.

A propósito del tema, les diré que recibí últimamente carta de Leandro desde Carabanchel, donde reside en la tercera galería, y por lo que me cuenta de allí he comprendido perfectamente algo que siempre me extrañó cuando sucedieron los hechos de esta obra: por qué no salían y se entregaban.

Pero eso ya es otra historia.

CUADRO PRIMERO

ANTIGUO *estanco de Vallecas. El tabaco quieto, ordenado, serio y en filas, como en la mili.* [1] *Un derroche de luz penetra por la vieja puerta de madera abierta de par en par. Detrás del mostrador de pino despacha una anciana de aspecto rural. Es un día cualquiera en una hora cualquiera y se escuchan fuera los miles de ruidos que van y vienen a lo suyo. De pronto rompe la armonía el latido de dos corazones fuera de madre, y recortan su negra silueta en la luz de la puerta dos sinvergüenzas dispuestos a todo. Merodean de aquí para allá, primero uno y luego otro, buscando el momento propicio. Al fin se deciden y, viendo que no hay nadie, entra uno, quedándose el otro a vigilar la puerta.*

TOCHO. Un paquete de Fortuna, [2] señora. (*La anciana se lo alcanza y él se busca los duros disimulando, mientras el otro vigila de reojo. A una seña se lanzan al lío, amaneciendo en un tris en las manos del más joven un pistolón de aquí te espero, con el que se hace dueño de la situación.*) ¡Manos arriba! ¡Esto es un atraco, como en el cine! [3] ¡Señora, la pasta [4] o la mando al otro barrio!

[1] Toda la crítica ha subrayado el valor literario, no puramente funcional, de las acotaciones. Nótense, desde el comienzo, las metáforas que amplían el realismo.

[2] Actualiza lo escrito en la 1ª edición: "Un paquete de Celtas".

[3] El cine es, desde el comienzo, la referencia ideal y el modelo de estos atracadores de pacotilla.

[4] *Pasta*: 'dinero'. Igual que *pelas, tela pastizara, pastón, pasta gansa, harina, cera, manteca, mosca, monis, parné, guita*... Aparece ya en Arniches y los saineteros.

ABUELA. ¡Ay, Jesús, María y José! ¡Ay, Cristo bendito! ¡Santa Águeda de mi corazón! ¡Santa Catalina de Siena!...

TOCHO. Déjese de santos y levante el ladrillo. No nos busque complicaciones y a lo mejor le dejamos pa [5] la compra de mañana. ¡Venga, que se nos hace tarde y nos van a cerrar! ¡Qué pasa! ¡La pasta o la [6] pego un tiro, ya!

LEANDRO. (*Entrando desde la puerta.*) ¿Qué? ¿Está sorda o no oye? ¡El dinero! (*La* ABUELA, *que se ha quedado un momento petrificada, se arranca de repente por peteneras* [7] *y se pone a dar unos gritos que pa qué.*) [8]

ABUELA. ¡Socorro! ¡Socorro, que nos roban!

LEANDRO. ¡Agarra a esa loca, que nos manda a los dos a Carabanchel! [9]

TOCHO. ¡Calle! ¡Calle, condenada, o la...! (TOCHO *la sujeta a duras penas tapándole la boca, mientras* LEANDRO *echa el cierre al negocio, atrancando la puerta. Luego saca una navaja y avanza hacia la vieja y la cosa se pone negra y a punto de salir en* El Caso, [10] *en primera página.*)

LEANDRO. ¡A ver si nos estamos quieta! Esto no es una broma. Si grita otra vez le saco las tripas al aire a ventilarse. ¿Me oye?

TOCHO. ¡Será animal, no se pone a dar gritos así por las buenas! (*Se oye un ruido arriba.*) ¡Chiss, hay alguien

[5] *Pa:* apócope popular madrileño. En la 1ª edición eran más frecuentes estos casos.

[6] El laísmo es habitual en el habla vulgar madrileña: incurren frecuentemente en él los personajes de esta obra.

[7] *Arrancarse por peteneras:* 'empezar a hacer algo de modo inesperado'. La *petenera* es uno de los cantes más autóctonos del folklore andaluz, quizá de origen hebreo. Parte de la leyenda de una cantaora: "Quien te puso petenera / no supo ponerte nombre / que te debían de haber puesto / la perdición de los hombres" (Tomás Andrade de Silva: *Antología del cante flamenco*, Madrid, ed. Hispavox, 1958, págs. 79-80).

[8] Ponderación expresiva.

[9] *a Carabanchel*: a la cárcel.

[10] *El Caso:* semanario popular de sucesos y crímenes.

arriba! ¡La escalera, cuidado! (*Sujeta a la vieja apuntándola, mientras* LEANDRO, *navaja en mano, se esconde junto a la escalera para coger al que baje. Aparece entonces* ÁNGELES, *la nieta, delgaducha y con gafas.*)

ÁNGELES. ¿Pasa algo, abuela? ¿Quiere las gotas?

TOCHO. Esto no se arregla con gotas. Bienvenida a la reunión, pequeña. ¡Baja, baja! Así somos cuatro y podemos echar un tute si cuadra. (LEANDRO *se acerca por detrás y ella le ve de pronto con la navaja.*)

ÁNGELES. ¡Aaaah!...

LEANDRO. ¡Calla, tú! ¡Quieta y a ser buena! No te vamos a hacer nada, ni a ella tampoco. Sólo queremos el dinero y nos vamos.

TOCHO. ¡Venga! Suelta la pasta y soltamos a tu abuela.

ÁNGELES. ¡Ay, Dios! Yo no sé dónde está. ¡Sólo lo suelto! [11]

LEANDRO. ¡Lo suelto y lo atado! ¡Venga, rápido, el dinero, ques [12] pa hoy!

ÁNGELES. Lo guarda la abuela, de verdad. ¿A que sí, abuela?... Yo no sé donde está... Sólo eso, lo del cajón. (*Sacan el cajoncillo de los cuartos y lo ponen en el mostrador.*)

TOCHO. ¡La calderilla! Va a parecer que venimos de un bautizo, ¡no te jode!

LEANDRO. Suéltala, déjala hablar. Que diga dónde está.

TOCHO. (*Quitándole la mano de la boca, con voz amenazante.*) ¡Abuela, el dinero y van tres!

ABUELA. ¡Mecagüen hasta en la leche que habéis mamao! ¡Canallas! ¡Hijos de mala madre! ¡Quererle robar a una vieja...!

TOCHO. A una vieja y a una joven. El dinero o le salto la tapa de los sesos. ¡Se acabó! A la una, a las dos y a las... (*Agarra el* TOCHO *su viejo pistolón con las*

[11] Juegos entre *soltar,* 'liberar' a la abuela, y el dinero '*suelto*', 'en monedas'.

[12] *Ques: 'que es'*. Otra contracción popular, para evitar la repetición de la vocal. Ya no señalaré más ejemplos de este tipo de fenómenos.

dos manos, y muy peliculero, se lo pone a la vieja en el hueco [13] *las sienes.*)

ABUELA. ¡Dispara, Iscariote! [14] ¡Dispara si tienes lo que tienes que tener! [15] ¡Cabronazo! (*La agarra para que no chille y se revuelve la anciana como gato acorralado.*)

LEANDRO. ¡Calle! ¡Quieta! ¡Quieta, condenada, por mi madre que la rajo! [16]

TOCHO. ¡Apártate, Leandro, que me la cargo de un tiro!

ÁNGELES. ¡Abuela! ¡Abuela, por el amor de Dios! ¡Que nos van a matar a las dos...!

ABUELA. ¡Drogadictos! ¡Pervertidos, que le quitáis al pobre el dinero, a los trabajadores, para drogaros! ¡Gentuza! Ya nos podéis matar que no suelto un duro, ¡por la memoria de mi difunto esposo, que era guardia civil! [17]

TOCHO. Pues sí que hemos dao en hueso, [18] con la tía esta. [19]

LEANDRO. A registrar, Tocho. Hay que encontrar el fajo como sea. Tú mira arriba. (*Sube el* TOCHO *las escaleras. Empieza* LEANDRO *a registrar el estanco, tirando todo lo que encuentra a su paso. Rompen filas los paquetes de tabaco y vuelan como mariposas los sellos de tres pesetas.*) [20]

[13] El lenguaje popular se contagia también a las acotaciones, eliminando *de.*

[14] *Iscariote*: 'Judas, traidor'.

[15] *Lo que tienes que tener*: 'valor, virilidad'. Es habitual en sainetes y género chico. Recuérdese la contestación de Susana a Julián, en *La verbena de la Paloma:* "Un sujeto que tiene vergüenza / pundonor y lo que hay que tener" (Barcelona, ed. Daimon, 1983, pág. 66).

[16] *Rajar:* 'herir con arma blanca'.

[17] En la España de posguerra, muchos estancos se adjudicaban, por el Estado, a viudas de guardias civiles o militares.

[18] *Dar* o *pinchar en hueso:* 'encontrar oposición o dificultad, fracasar'. Puede venir del léxico taurino.

[19] 1ª edición: "con la gachí". Es un gitanismo algo anticuado. Hoy, *tío, tía* son comodines frecuentísimos.

[20] Otra vez las metáforas desrealizadoras, poéticas, en las acotaciones.

José Luis Alonso de Santos

Programa de la reposición de *La estanquera de Vallecas,* en el Teatro Martín de Madrid.

Foto: Pariente

ABUELA. ¡Quieto, desgraciao, que me hundes en la miseria! ¿No ves que la mercancía es mi comida de cada día? Si viviese mi difunto, este atropello lo pagabais con sangre.

LEANDRO. ¡Con sangre lo va a pagar usted, que ya me tiene harto! ¡Suélteme, que la doy una que...! (*Sujeta la vieja a* LEANDRO *y éste levanta la navaja, que brilla en el aire con ansia de algo de rojo que le dé color. Se masca la tragedia de la muerte trapera y la niña se arroja a los pies del golfo en estampa de cartel de ciego.*) [21]

ÁNGELES. ¡Ay, por Dios, no la mate, que no ha hecho nada! ¡Ay, no, no, no... no la haga daño!

LEANDRO. ¡Suéltame! ¡Me cargo a las dos, por mi madre! ¡Es que ya me...! (*Vuelve el* TOCHO *al oír el griterío, escaleras abajo.*) ¡Ayúdame, coño! ¡No te quedes ahí parado!

TOCHO. ¿Qué pasa? ¡Tranqui, [22] Leandro!

LEANDRO. ¡Si es que me tienen ya hasta los...! ¿Has encontrado algo?

TOCHO. Arriba es un lío. No se ve nada.

LEANDRO. (*A la chica.*) Tú seguro que lo sabes y te la estás buscando. (*A la* ABUELA.) Y usted no sabe con quién se está jugando los cuartos. De aquí no nos vamos sin el dinero, así que...

ABUELA. Yo tengo principios, y no como los jóvenes de hoy, que sois peor quel diablo. ¡Mala peste sos [23] trague!

LEANDRO. ¡Que no nos dé sermones, señora! ¡Cállese y no joda más! (*Enfunda la navaja y trata de atar y amordazar a la anciana con un cinto y un pañuelo.*) A ver si así se está quieta y callada de una puta vez. Encontraremos el dinero aunque tengamos que... ¡Si es que no se deja! ¡Quieta! ¡Ayuda tú, coño! ¡Ay! ¡Ay, ay! ¡Me ha mordido! (*Da un golpe a la anciana en un pronto, y cae ésta sin sentido, desmade-*

[21] La acotación tiene un inequívoco aire valleinclanesco.

[22] *Tranqui* (apócope): 'tranquilo'. Es otro comodín del actual lenguaje popular. Igual que *compa, poli, mili...* Antes, por ejemplo, *propi, ridi...*

[23] *sos:* 'se os'.

jándose sobre las baldosas.) A ver si aflojas ahora el nervio.

ÁNGELES. ¡Ay, que la ha matado! ¡Ay, Dios mío, que ha matado a mi abuela! ¡Ay, abuela, abuela...!

LEANDRO. ¡Silencio! A ver si te voy a dar a ti también, que ya me tienes harto. No se ha muerto nadie, así que a callar.

TOCHO. Oye, esta tía está chunga... [24] Se está poniendo morada. Parece que respira, menos mal. Vamos a atarle ahora la boca, antes de que despierte y se ponga otra vez a cantar.

LEANDRO. Déjala; a ver si se va a ahogar, ¡qué fatiga! (*Sentándose en el mostrador.*) ¡Más difícil esto quel [25] Banco España! Es malo este barrio, ya te lo había dicho yo. [26]

TOCHO. Aquí hay pasta, tío. Los obreros de la fábrica de harina compran aquí el opio [27] y son a miles. Hoy sábado, día de cobro, hay un capital, seguro.

LEANDRO. Es verdad. A ver si lo tienen metido... (*Mete mano por aquí y por allá el chico a la vieja, en el buen sentido, apartando enaguas en busca de la faltriquera donde estén los verdes.*) [28]

TOCHO. Nada. Esta tía sólo tiene pellejo. Ni un duro. (*De pronto alguien empieza a aporrear la puerta, y se oyen gritos y confusión de personas fuera.*)

UNA VOZ. Señora Justa, ¿pasa algo?...¿Abuela, grita usted auxilios o era la radio?...

OTRA VOZ. ¡Abuela, abra usted! ¡Abra! ¡Abra la puerta!

TOCHO. ¡La madre del cordero! ¿Y ahora qué hacemos?

[24] *chunga:* 'mala, enferma' (gitanismo).

[25] *quel:* 'que el'.

[26] Ironía del autor: el albañil Leandro coincide con la opinión de los ricos. Para él (un atracador), Vallecas ea un barrio malo porque no hay dinero.

[27] *opio:* 'tabaco'.

[28] *verde*: 'billete grande, de mil pesetas'.

LEANDRO. ¡Chiss! ¡Calla! ¡Ni una mosca! [29] ¡Vigila a ésa que no haga ruido! ¡Silencio!

OTRA VOZ. ¡Justa! ¡Señora Justa! ¿Está usted bien?

OTRA VOZ. Eran dos, que los he visto entrar...

OTRA VOZ. ¡Abran ahora mismo la puerta o llamamos a la policía!

OTRA VOZ. ¡Ir a llamar, correr! ¡Que vaya alguno al bar! (*La cosa se pone que arde. Brillan los ojos de los dos maleantes ante la situación de peligro, cambiando de color.*)

TOCHO. ¿Qué hacemos, Leandro?

LEANDRO. ¿Era fácil, eh? Lo mejor es largarse ahora mismo antes de que vengan más, o llegue la policía. Abrimos la puerta y corre.

TOCHO. ¿Y la pasta?

LEANDRO. Para sus herederos. ¡Vamos! (*Abren y salen regresando a toda velocidad. Cierran y atrancan la puerta con todo lo que encuentran ante el gran griterío que se organiza fuera.*)

LEANDRO. Por ahí no hay quien pase. Hay que salir por otro sitio. Tú (*A* ÁNGELES *que sigue pálida junto a la* ABUELA.), ¿por dónde se sale?

ÁNGELES. Sólo hay esta puerta. Arriba hay un balcón pero da justo ahí, a la plaza. Además está muy alto. No se puede salir más que por aquí.

LEANDRO. Pues por aquí no se puede salir. [30]

ÁNGELES. El dinero, de verdad que no sé donde lo esconde la Abuela. Yo no sé nada, así que...

TOCHO. Ya el dinero no importa. Que se lo meta tu abuela, cuando despierte, por el culo.

LEANDRO. Una ventana habrá a un patio, o cualquier cosa para descolgarse.

ÁNGELES. No, de verdad que no hay, lo siento. Ni un agujero para las ratas.

TOCHO. Yo antes, cuando he subido, sólo he visto el balcón...

[29] Contracción: "¡Que no se oiga ni una mosca!".

[30] Humor negro, al repetir, invertida, la frase.

LEANDRO. Todas son facilidades, da gusto. Pues hay que largarse de aquí como sea.

TOCHO. (*Mirando por el ojo de la cerradura.*) ¡Tío! ¡Ahí fuera hay más gente que en un partido de fútbol! ¿Qué hacemos, Leandro? ¿Salimos y nos abrimos paso a tiros?

LEANDRO. Tú has visto muchas películas del Oeste. Eso es lo malo.

TOCHO. ¡Oye!, ¡que vienen otra vez! ¡Uy, la hostia! (*De nuevo los de fuera llegan hasta la puerta. Ahora son más y están más agresivos que antes.*)

UNA VOZ. ¡Venga, salid si sois hombres!

OTRA VOZ. ¡Os vamos a linchar, hijos de puta!

OTRA VOZ. ¡Asesinos, canallas, ahora vais a ver! (*Suenan palos y piedras contra la puerta, que se queja lo suyo.*)

LEANDRO. La puerta parece fuerte, no creo que ceda...

TOCHO. ¡Hay que joderse! ¡Hay que joderse la que se ha armado en un momento! (*Sigue levantándose la tormenta fuera.*)

UNA VOZ. ¡Asesinos! ¡Criminales!...

OTRA VOZ. ¡Ahora vais a pagar lo que le hicisteis el otro día al sastre!

TOCHO. ¿A qué sastre?

ÁNGELES. Es que el otro día mataron a un sastre aquí al lado para robarle. Dos mil pesetas se llevaron. Deja viuda y tres hijos. Uno en la "mili".

TOCHO. Si nosotros no hemos sido... A ver si nos van a colgar a nosotros el muerto, ¡no te jode!

LEANDRO. Vete a explicárselo, anda. (*Dejan de aporrear la puerta.* TOCHO *mira por las rendijas.*)

TOCHO. Se está organizando, tío. ¡Maldita sea! Hay una gorda ahí fuera animando al personal [31] para darnos el pasaporte, [32] que me está dando ganas de mandarla al

[31] *El personal*, como sustantivo, tiene un matiz anticuado o vulgar.

[32] *Dar el pasaporte:* 'matar, asesinar'. Igual que *mandar al otro barrio.*

otro barrio desde aquí, por lianta, por hija puta, y por gorda.[33]

LEANDRO. ¡Te quieres estar quieto de una puñetera vez! ¡Mecagüen la leche! ¡La culpa la tengo yo por meterme en esto contigo! ¡Y deja ya de una vez de dar vueltas a la pistola, que me estás poniendo nervioso!

TOCHO. Ha sido sin querer, Leandro, no te mosquees.[34]

LEANDRO. ¡Anda, vete a mear!

TOCHO. ¡Mira, hay un teléfono! ¡Podíamos pedir refuerzos!

LEANDRO. Sí, a Fidel Castro, ¡no te jode! ¡Tu estás gilipollas! ¿Estás gilipollas, eh, o qué? ¿No te das cuenta que nos la estamos jugando? (*En esto, se oyen sirenas de la policía. El* TOCHO *bichea*[35] *por las rendijas y salta entusiasmado ante el gran interés que ha tomado de pronto su persona.*)[36]

TOCHO. ¡La bofia![37] Ya están aquí los veinte iguales.[38] Esto se anima, tío. Una... dos... tres... ¡Puff!, más de diez lecheras[39] que traen... ¡Que somos sólo dos, tíos; dónde vais tantos!

LEANDRO. Por un montón de calderilla nos van a poner a caldo. Y del talego[40] salimos de viejos, si salimos...

TOCHO. ¡Ay, va! Ahora llegan las ambulancias. La cosa impone.

[33] La enumeración concluye con un golpe de humor absurdo.

[34] *Mosquear*: 'enfadar, cabrear'.

[35] *Bichear* : aquí, 'atisbar'. Otras veces, 'sospechar' o 'robar'.

[36] Efecto de perspectivismo irónico: al aumentar el riesgo, Tocho se siente triunfador, más importante.

[37] *La bofia:* 'policía del Cuerpo Nacional'. Igual que *leño, madero, pasma.* La Policía Armada son *grises.* Los municipales, *guindillas, guris, guripas* (frecuente en el lenguaje arnichesco).

[38] *Los veinte iguales:* puede ser 'la pareja de la Guardia Civil'.

[39] *Lecheras*: 'coches y furgones de la Policía Armada'.

[40] *Talego*: 'cárcel'. Igual que *banasto, cesto, costal, chiquero, chirona, garlito, maco, posada, trena...*

LEANDRO. ¡En qué maldita hora se nos ocurriría...!

TOCHO. No te desanimes, Leandro, no seas así. ¿Estamos bien, no? Si está la policía, que esté. Aquí no van a entrar. Tenemos rehenes, ¿no?

LEANDRO. Sí. Lo siento, guapa, pero nos vais a venir bien para salir de ésta. Tú y la bocazas de tu abuela.

TOCHO. Y si no podemos salir de aquí, pues, nos quedamos y ya está. Hay tabaco..., mujeres... ¿Hay provisiones para resistir el asedio, tú? [41]

ÁNGELES. Hoy he hecho la compra de la semana...

TOCHO. Pues ya está.

LEANDRO. No creo que entren estando éstas aquí... Esperemos a la noche, a ver... Sube y atranca bien el balcón, que no se cuelen por ahí. (*Hace el chico lo que le mandan: a toda velocidad sube las escaleras.*)

LEANDRO. (*A la chica.*) Tú, quietecita ahí, sin moverte.

ÁNGELES. Sí, señor. (*Han parado ya las sirenas de la policía, las carreras y los ruidos de fuera. Después, unos segundos de tenso silencio que rompe la voz de un megáfono.*)

MEGÁFONO. ¡Eh!, ¡los de ahí dentro!, se acabó el juego. Salid despacio y con las manos en alto. Aquí la policía. (*Contesta* TOCHO, *bajando las escaleras, a gritos.*)

TOCHO. ¡Encantados, mucho gusto! ¡Dale recuerdos a tu padre, si le conoces, de nuestra parte!

LEANDRO. ¡Pero, te quieres callar, animal! ¿Quieres que nos bombardeen con gases y salgamos a la fuerza?

TOCHO. (*Gritando otra vez a los de fuera.*) ¡Eh!, ¡vosotros!, ¡si tiráis gases, lo van a pagar aquí los rehenes! ¡Dos rehenes tenemos! (*A* LEANDRO.) Arreglado lo de los gases. (ÁNGELES, *que anda cuidando a su abuela, mete ahora baza.*)

[41] Tocho sigue viéndose como un héroe de película, sitiado por el enemigo.

ÁNGELES. La abuela tiene mala cara. No vuelve en sí y casi no respira. A lo mejor se está muriendo. Sufre del corazón desde pequeña.

TOCHO. Los que sufrimos del corazón somos nosotros ahora, por su culpa. Mira la que ha armado con el griterío.

LEANDRO. Hay que pedir un médico que la arregle, no la palme [42] encima y nos la carguemos nosotros.

TOCHO. Eso, y así luego tenemos tres rehenes y es mejor.

MEGÁFONO. ¡Eh, muchachos! Escuchad un momento: si salís ahora por las buenas, no os va a pasar nada. Si estáis armados, tirad fuera las armas y salid con las manos en alto, como buenos chicos. Vamos a contar hasta diez y, si no salís, entramos a por vosotros, así que ya sabéis lo que os conviene. Por las malas, va a ser mucho peor para todos. Ya habéis oído, hasta diez y salís, ¿está claro?... Uno... dos... tres... cuatro... cinco... seis...

TOCHO. (*Hacia afuera.*) ¡Siete! ¡Siete y media!, ¡catorce!, ¡dos!, ¡la una!, ¡treinta y tres!, ¡doce y doce, veinticuatro!... ¿Algo más?

LEANDRO. (*A gritos también.*) ¡Eh, los de fuera! La anciana no está buena. ¿Podría venir un médico del seguro a recetarla algo? (*Pausa un momento; luego, se escucha de nuevo el megáfono.*)

MEGÁFONO. De acuerdo. Ahora os mandamos un médico.

LEANDRO. (*A* TOCHO.) Abres la puerta una rendija para que pase el matasanos [43] y rápido echas la tranca, no nos la den con queso.

TOCHO. Marchando, [44] jefe.

LEANDRO. Tú, nena, aquí a mi lado y perdona las molestias.

ÁNGELES. (*Acercándose.*) No se preocupe, señor. Y muchas gracias por llamar a un médico para la abuela.

[42] *Palmar*: 'morir'. Es frecuente desde el género chico hasta Lauro Olmo y C. J. Cela.

[43] *Matasanos*: 'médico' (despectivo). Se da ya en Arniches.

[44] *Marchando*: '¡en seguida!', imitando al camarero de un bar.

LEANDRO. No somos criminales.[45] Robamos porque acucia la necesidad y hay que repartir un poco mejor las ganancias de la vida, que hay mucha injusticia.

ÁNGELES. Sí, señor.

TOCHO. Ya viene el doctor.

LEANDRO. Que pase. Ojo al parche.[46] Tocho, que éstos se la saben todas y tienen hechos cursillos para casos como éstos. (*Llaman a la puerta por fuera educadamente y* TOCHO *y* LEANDRO *se ponen en pose pistoleril controlando la situación.*)

VOZ FUERA. ¿Se puede? Soy el médico.

LEANDRO. Pase. Abre la puerta, tú. (*Quita los cierres y lo que estaba atrancando la puerta, el* TOCHO. *Entreabre una compuerta el chico y aparece en la hendidura el* MÉDICO, *raro tipo envuelto en una bata blanca que le cae grande y con un maletín clínico en la mano.*)

TOCHO. Adelante, caperú,[47] la puerta no está cerrada con llave.

MÉDICO. (*Entrando.*) Buenas tardes, señores.

LEANDRO. Pase, y cuidado con las bromas pesadas. Mire a la vieja a ver si es de cuidado lo que tiene.

TOCHO. ¡Espere! ¡Quieto ahí! Este tío no me gusta un pelo. No me fío. ¡Arriba las manos! ¿Qué pasa? ¿Está mal del tabique? [48] (*Suelta nervioso el maletín el doctor y se pone preparado para bailar la jota. El* TOCHO *se acerca con la pistola y le cachea.*) No lleva nada, parece...

MÉDICO. ¿Qué? Con su permiso, ¿puedo ocuparme ya de la enferma? Gracias. (*Se acerca a la anciana, que sigue sin sentido. Abre el maletín, se arrodilla a su lado*

[45] *Creminal:* disimilación de la vocal átona inicial en la lengua vulgar. Aparece ya en Arniches.

[46] *Ojo al parche:* '¡cuidado, atención!' Más frecuente es: *oído al parche*, que se encuentra en Arniches, igual que *oído a la caja.*

[47] *Caperú* contrae *Caperucita roja*, aludiendo, a la vez, a la bata y a un cuento para niños.

[48] *Mal del tabique:* 'mal de la cabeza'. Igual que *azotea, cacumen, coco, chola, melón, tarro*... También puede aludir al tímpano y significar *estar sordo.*

y la ausculta, le mira el pulso, y demás cosas raras de esas que hacen los médicos en casos así.) No parece grave, vamos a ver... Deberían haber avisado antes... Está sin sentido... Respira... Tengo que hacerle un reconocimiento... (*De repente se incorpora la enferma, y le pega al* MÉDICO *con un tiesto en la cabeza mandándole al país de los sueños.*) [49]

ABUELA. ¡Toma, asesino! ¡A las calderas de Pedro Botero! [50]

ÁNGELES. ¡Dios mío, abuela, que le ha dado usted al médico! ¡Abuela!

TOCHO. Mira, la moribunda cargándose al médico. ¡Lo que hay que ver!

LEANDRO. Ya estamos otra vez. Ha dado usted al doctor y lo ha dejado K.O. ¿Ahora qué hacemos? ¿Llamamos un médico para que cure al médico? [51]

ABUELA. ¡Hijos de mala madre! Le vi con la pistola y creí que era de los vuestros. Ahora vais a ver lo que es bueno. El que sepa rezar que lo haga, que vais de viaje al otro mundo. (*Ha cogido la* ABUELA *una pistola de manos del caído y falso doctor y suelta dos tiros que aquello parece la guerra, mientras todos se refugian donde pueden, hasta que se le encasquilla y consigue quitarle el arma* LEANDRO.)

LEANDRO. ¿Pero está loca? ¡Habráse visto! ¡Casi nos mata! ¿Cuándo ha salido del manecomio, [52] la loca?

TOCHO. ¿Quién la enseñó a disparar? ¿Su difunto el del tricornio? Me ha rozado un pelo. Si no me agacho, salgo de aquí con los pies por delante.

ÁNGELES. ¡Que casi me da a mí, abuela, no sea usted así!

LEANDRO. Es que está como una cabra.

TOCHO. Me están dando ganas de darle un par de hostias por muy anciana que sea. ¡Qué susto, la leche!

[49] Buen golpe teatral de sorpresa.

[50] *¡A las calderas de Pedro Botero!*: '¡Al infierno!'.

[51] La lógica conduce al absurdo.

[52] *Manecomio*: igual que *creminal,* que antes vimos.

ÁNGELES. Que ya no nos quieren robar, abuela. Sólo quieren irse sin que los cojan. Son buenas personas, llamaron a un médico para usted y todo, ya ve.

ABUELA. ¿Buenas personas estos degenerados de la naturaleza? Así les salga un divieso en el culo a cada uno y no se puedan sentar en un año.

TOCHO. Y usted que lo ve, miura, [53] que es usted un miura de mucho cuidado, ¡chiflada! ¿Y de dónde ha sacado la artillería la tía esta?

ÁNGELES. La ha sacado el doctor del maletín que yo lo he visto.

TOCHO. Te dije que olía a poli de aquí a Lima. En parte entonces nos ha salvado la vida con el tiesto, aquí Juana la Loca, aunque luego casi nos cepilla ella a balazos.

MEGÁFONO. ¿Qué pasa ahí dentro? ¿Está usted bien, doctor?

TOCHO. (*A voces.*) ¡Está durmiendo el poli! ¡Es que venía algo bebido el "señor doctor", y se ha quedado traspuesto dando una cabezada! (*Se oye ahora cómo la policía intenta forzar la puerta.*)

LEANDRO. ¡No se muevan o se va a armar aquí la de Dios! ¿No oyen?

TOCHO. (*Muy nervioso.*) ¡Fuera la puerta o dispararemos! ¡Los matamos a los tres, a las dos mujeres y al policía, por mi madre!

MEGÁFONO. ¡Un momento! ¡Calma!, calma, muchachos. Tranquilos, no pasa nada. Atrás, atrás todos. ¡Está bien, no haremos nada! ¡Quieto todo el mundo! ¿Hay alguien herido dentro? ¿Quieren que mandemos a un médico de verdad?

LEANDRO. No, todos quietos. Y ni médico ni nada, que aquí no pasa nada, pero puede pasar.

MEGÁFONO. ¿No hay nadie herido? ¿Están todos bien? Maldonado, ¿puede hablar?

[53] Los toros de la ganadería de Miura tienen bien ganada fama de peligrosos. Por eso, sirven de comparación humorística para personas aviesas, mal intencionadas.

TOCHO. Maldonado no puede hablar. Está afónico, pero está bien.

MEGÁFONO. De acuerdo. Les vamos a dar un último plazo de diez minutos para pensarlo. Dentro de diez minutos entramos por ustedes si no han salido. ¿Está claro? Y si les pasa algo a los que tienen ahí dentro, peor para ustedes. (*Calla el megáfono y se calma un poco la tempestad. Mira la* ABUELA *al* POLICÍA *sin sentido y le palpa la cabeza notando los efectos del tiestazo.*)

ABUELA. Habría que ponerle a este hombre unos paños de vinagre para que se le baje el hinchazón. Por un sin querer han pagado justos por pecadores.

TOCHO. Éste no es un justo, señora. Éste es un madero. [54]

LEANDRO. Coja el vinagre y lo que haga falta. (*Empieza a subir la* ABUELA *y* LEANDRO *la escolta.*) Voy con ella, no nos la líe, y a ver lo de arriba cómo está. Tú quédate con la chica y vigila a ése. No abras a nadie.

TOCHO. Ni aunque me enseñe la patita por debajo de la puerta, [55] jefe. (*Desaparece escaleras arriba y quedan los dos jóvenes abajo, la chica quieta contra el mostrador, y el* TOCHO, *paseo va, paseo viene, en actitud de centinela. De pronto se marca un show de posturas de comando pistola en mano de las que se anuncian en televisión, para impresionar a la chica.*) ¿Que pasa tía? ¿De qué te ríes? ¿eh?

ÁNGELES. De ti. De la cara que pones con esa pistola en la mano.

TOCHO. ¿Y qué? ¿Pasa algo?... La cara que tengo, ¿no? Si no te gusta te aguantas. No tengo más aquí. En casa sí, pero aquí, pues no me las he traído, ya ves.

VOZ FUERA. (*Megáfono.*) ¡Sargento Martínez!

TOCHO. ¡Martínez! ¡Que te llaman! (*Se ríe de su propia gracia.*)

ÁNGELES. ¿Hace mucho que robas?

TOCHO. Y a ti qué te importa.

[54] *Madero:* "policía'.

[55] Como hace el lobo, en el cuento infantil.

ÁNGELES. Pues yo una vez salí con uno que robaba los casetes de los coches.

TOCHO. (*Despectivo.*) ¡Casetes! (*Sigue moviendo la pistola tratando de impresionarla.*) Oye, ¿y a ti te ha dicho alguien que estás más buena que el pan?

ÁNGELES. No.

TOCHO. Pues te lo digo yo. ¿Pasa algo?

ÁNGELES. No.

TOCHO. ¡Ah!, por eso. Y qué, ¿la vieja te tiene en conserva como los tomates pa meterte monja?

ÁNGELES. No.

TOCHO. ¿Entonces sales por ahí de vez en cuando a dar una vuelta?

ÁNGELES. Sí.

TOCHO. ¿Tienes novio?

ÁNGELES. Sí.

TOCHO. ¿Y sales con chicos, además de con ése de los casetes?

ÁNGELES. Sí.

TOCHO. Oye..., sí, no, sí, no...tú no tienes mucha conversación, ¿verdad?

ÁNGELES. No.

TOCHO. ¿Tú quieres ser mi novia?

ÁNGELES. ¿Qué?

TOCHO. Que si quieres ser mi chavala. ¿Estás sorda también?

ÁNGELES. Es que así de pronto... no se me ocurre...

TOCHO. ¿Y qué se te tiene que ocurrir?

ÁNGELES. Si quieres salimos algún día... Así de pronto...

TOCHO. Yo soy así, qué quieres que te diga. Si me gusta una titi; [56] pues me gusta. (*Saca un porro liado del calcetín.*) ¿Le das a esto, tú? ¿Quieres?

ÁNGELES. Sí, bueno. (*Lo enciende, fuma, se acerca y se lo da a ella. Están los dos fumando sentados en el mostrador del estanco, y vemos al* POLICÍA *que se ha despertado cómo trata de acercarse a ellos, aprovechando que están en otro mundo.*)

[56] *Titi* sirve tanto para hombre como para mujer, siempre con afecto.

TOCHO. Bueno, dame un beso, ¿no? (*Ella le da un beso y cuando el* POLICÍA *se asoma con malas intenciones por detrás, ella jugando se va hacia la escalera y* TOCHO *detrás. Allí la abraza y la besa en arrebato fogoso y peliculero. Se acerca despacio el* POLICÍA *y le vemos acercarse con intenciones poco amorosas. Aparece en ese momento la* ABUELA *por las escaleras y al verlo le da con la jarra de vinagre en la cabeza, dejándole de nuevo sin sentido.*)

TOCHO. ¡Ahí va! ¡La abuela se ha cargado otra vez al madero! ¿Has visto, Leandro?, ya mandó otra vez a soñar al poli. La tenemos que colocar una medalla; mira a ver si tú tienes alguna.

ABUELA. Como vuelvas a poner las manos encima de la niña te mando al otro mundo. ¡Sinvergüenza! (*Persigue ahora la* ABUELA *al* TOCHO *a escobazos por todo el estanco, seguida de* ÁNGELES *y* LEANDRO *que tratan de sujetarla. Vuelan las cajetillas de tabaco, participando lo que pueden en el escándalo.*)

TOCHO. ¡Sujeta a esa tía, Leandro, que me da!

ÁNGELES. Abuela, no le haga nada, que somos novios. [57]

LEANDRO. ¡Basta, basta, condenada! ¡Estése quieta, coño!

ABUELA. ¡Abusando de una inocente, el muy canalla! ¡Si la has dejado embarazada te vas a enterar, drogadicto! ¡Te mato a escobazos! ¡Por mi difunto [58] que te mato, si has dejado embarazada a mi niña!

TOCHO. ¿Pero qué dice? ¿Está loca?

ABUELA. ¡Como te coja vas a ver si estoy loca! ¿Qué le habrá hecho a mi niña el mariconazo este?

TOCHO. ¡Leandro, que yo no he hecho nada! ¡Uno es rápido, pero no tanto!

ABUELA. ¡Ven aquí, no te van a quedar ganas!

[57] Sale la chica de su reserva, para aclararnos –no sólo a la Abuela– sus sentimientos.

[58] *Difunto* es voz anticuada, sainetesca. Recuérdese un título humorístico: *El difunto es un vivo*

ÁNGELES. ¡Abuela! ¡Abuela, por Dios, estése quieta! No le mate que es muy guapo.

LEANDRO. ¡Basta, basta, estése quieta, joder! ¡Y tú...! (*Se levanta en medio de la confusión y medio grogui el Policía, y habla con voz de andar por los cerros de Úbeda.*)

POLICÍA. ¡Quedan todos ustedes detenidos! (*Y recibe un tremendo escobazo de la* ABUELA *dirigido al* TOCHO, *cayendo otra vez desmayado, en medio de un gran jaleo y guirigay.*) [59]

[59] "Al borde de un momento sentimental en exceso o en exceso sexual, la anciana endereza el recorrido de la comicidad (...) La comicidad ha tomado rasgos cercanos a la *Commedia dell'Arte* y a los posteriores *clowns*..." (Miguel Medina Vicario: *Los géneros dramáticos...*, págs. 70-71).

CUADRO SEGUNDO

UNA *mesa camilla en el centro del estanco. Alrededor, los cuatro jugando al tute. Atardece. El* POLICÍA *está atado en un rincón, a lo suyo y con cara de pocos amigos.*

ABUELA. ¡Las cuarenta!

TOCHO. ¡La madre que la...! Otra que nos ganan.

ÁNGELES. Es que la abuela juega muy bien. En el barrio nadie quiere jugar con ella de dinero.

LEANDRO. Ya, ya. No hace falta que lo jures. Ya veo por qué no quería jugar con judías. ¿Llevas algo, Tocho?

ABUELA. En el tute no se habla. ¡Echa, leñe!

LEANDRO. ¡Va!, y no me grite que no soy sordo. (*Echa* LEANDRO *y se lleva la baza la vieja.*)

ABUELA. Arrastro que pinta en bastos. Otro. Y ahora un oro y otro. Pa mí las diez de últimas.

TOCHO. Las diez de últimas, las diez primeras y todo lo de en medio. Mis cuarenta pavos [60] y no juego más. ¡Esto es un robo! [61]

LEANDRO. La suerte que tiene...

TOCHO. Nos ha dejado sin un duro la tahúra esta...

ABUELA. (*Recogiendo las cartas y el dinero.*) Que no sabéis tenerlas.

LEANDRO. Porque el tute no es lo nuestro, ¿verdad, Tocho?

TOCHO. Claro que no, no es lo nuestro, no. Se empeñó usted porque es una lista y claro.

[60] *Pavos*: 'duros'. Primera edición: "Cuarenta duros".

[61] Humorísticamente, la situación se ha invertido: el ladrón denuncia ser robado.

LEANDRO. ¿Por qué no juega a las siete y media, eh?
TOCHO. Eso, ¿a que no jugamos a las siete y media?
ÁNGELES. A eso gana más. [62]
LEANDRO. Tú calla, no seas gafe, coño.
ABUELA. El que se tiene que callar eres tú, que ella está en su casa. Tengo la banca. Cartas. Antes de nada, ¿os queda dinero?
TOCHO. (*Quitándose el reloj.*) El peluco, [63] que es de oro. Me lo juego.
ABUELA. ¿A ver? (*Lo coge.*)
ÁNGELES. ¿Preparo cafés, abuela?
ABUELA. Sí, de oro del que cagó el moro. [64] (*Se lo devuelve.*)
TOCHO. Pues me lo ha traído un colega de Canarias, que es de confianza.
ABUELA. Pues te la ha dado con queso.
ÁNGELES. Que si preparo cafés, abuela.
ABUELA. Sí, cargadito. Tráete también la botella de anís [65] de la alacena.
TOCHO. Esta tía es la hostia. Bueno, ¿cuánto me da por él? Aunque no sea de oro, algo valdrá, digo yo.
ABUELA. Ni los buenos días. ¿Qué horas marca, las de hoy o las de ayer? Tiene las cinco y son por lo menos las siete...
TOCHO. Es que está un poco atrasado.
ABUELA. Claro. Eso será. Guárdalo. Guárdalo con cuidado, no se te vaya a perder.
ÁNGELES. ¿Al señor policía también le traigo?

[62] La nieta irá ponderando, con admiración, todas las cualidades de la Abuela: ésta es la primera.

[63] *Peluco:* 'reloj'. Igual que *tartera.*

[64] Aquí: 'falso'. Es pareado de canción infantil, utilizado también por García Lorca. Para convencer a la madre de Dª Rosita, Don Cristóbal le dará "una onza de oro / de las que cagó el moro, / una onza de plata / de las que cagó la gata / y un puñado de calderilla / de las que gastó su madre cuando era chiquilla" *(Retablillo de D. Cristóbal,* en *Teatro 1*, edición de Miguel García Posada, Madrid, ed. Akal, 1980, pág. 164).

[65] 1ª ed.: "botella anís".

TOCHO. ¡No señor, que está arrestado! Nada de lujos, que es peligroso. ¿A que sí, Leandro?

LEANDRO. Venga, hombre. Que tome café y fume, si quiere. ¿Quiere café? (*El* POLICÍA *asiente con la cabeza.*) Tráele también. (*Sube la chica por la escalera y* TOCHO *se levanta de la silla para ir detrás.*)

TOCHO. Voy a ayudarla, ya que no quiere jugar...

ABUELA. Quieto, Barrabás, que te conozco. Ayudarla a caer. Quieto ahí.

TOCHO. ¡Bueno!, es que la ha cogido conmigo...

ABUELA. (*Al* POLICÍA.) ¿Qué? ¿Quiere echar unas manos?

TOCHO. Sí, hombre, lo que faltaba. ¿Y qué más? Guardemos las distancias y sin confianzas, que es prisionero de guerra. ¿A que no puede jugar, Leandro?

LEANDRO. Está mejor atado. No juega y ya está.

MEGÁFONO. ¡Eh, vosotros! ¡Un momento! ¡Escuchad atentamente un momento! Está aquí el excelentísimo señor gobernador y va a hablaros, así que prestad mucha atención. (*El* POLICÍA *se pone de pie para escuchar,*[66] *y el* TOCHO *está sorprendidísimo de que tan augusta persona se digne dirigirse a él. Grave, conciliador y un tanto paternal, se escucha la voz del mandamás.*)

VOZ DEL EXCELENTÍSIMO GOBERNADOR. Señores, hagan el favor. Les ruego un momento de atención. Les doy mi palabra de gobernador de que si salen ahora mismo y se entregan inmediatamente, se considerará como atenuante en su caso y yo influiré lo más posible en su favor. Lo más que les puede pasar, si se entregan ahora pacíficamente, es unos años de cárcel. Nada más. Nadie les va a tocar, se lo prometo, ni les va a pasar nada si se entregan por las buenas. Pero si persisten en su actitud les voy a advertir, y muy seriamente, que lo que están haciendo es muy grave. Si tenemos que entrar a por ustedes va a ser peor. Así que van a hacer ustedes caso, por su bien, y van, lo primero, a soltar a los tres pobres inocentes que tienen retenidos.

[66] 1ª ed.: "para escuchar el sermón".

Mucho más grave que el que hayan intentado robar es la retención de inocentes, que está penado con la máxima pena. Sabemos quiénes son y que aún no han hecho nada grave. La cosa todavía tiene remedio. Si se entregan ahora, todos tan contentos. ¿Entendido? No compliquen más las cosas, que bastante complicadas están ya. No tienen la más mínima posibilidad de escapar. No hagan más tonterías y entréguense. Tienen cinco minutos. Nada más. Ya lo oyen: cinco minutos. [67] Es el último plazo, así que ustedes verán. (*Se desconecta el megáfono. El* POLICÍA *trata de convencerles también, hablando, como puede, con la mordaza puesta.*)

POLICÍA. Tiene razón el señor gobernador. Lo mejor es entregarse cuanto antes. No tienen posibilidad de escapar.

TOCHO. ¿Qué hacemos, Leandro?

LEANDRO. No salir. A ver si se creen que nos chupamos el dedo. Si nos cogen nos hostian, [68] con gobernador y sin gobernador.

POLICÍA. El señor gobernador ha dado su palabra. Se pueden fiar.

TOCHO. ¡Usted cállese! Nadie le ha pedido su opinión. (*A* LEANDRO.) Que no, tío, que no. Que te digo, que qué hacemos con la abuela, que no quiere jugar de fiado. [69] Se quiere retirar la tía. Nos deja sin chapa [70] y no nos quiere dar la revancha.

ABUELA. La pistola. Os juego la pistola.

TOCHO. La pistola no se juega, que es herramienta de trabajo. Ya está. Un momento. (*Se acerca al* POLICÍA *y le quita la cartera y el reloj.*) ¿Me deja estas tres mil pelas? Muchas gracias. Se las devuelvo el sábado cuando cobre. Y el reloj. ¿Éste vale, abuela?

ABUELA. No juego dinero robado. Se acabó la partida.

[67] Angustiosamente, el tiempo va disminuyendo, para los atracadores. Varias veces se insistirá en ello.

[68] *Hostiar:* 'pegar, maltratar'.

[69] Humorísticamente, el problema ya no parece ser cómo escapar con vida sino cómo seguir jugando, sin dinero.

[70] *Chapa*: 'moneda'.

TOCHO. Bueno, yo con esto estoy en paz. Me he recuperado. (*Se guarda el dinero y el reloj. Aparece* ÁNGELES.)

ÁNGELES. Los cafés y el anís.

TOCHO. Yo con mucho azúcar, muñeca. [71]

ABUELA. ¡Que se te está cayendo todo fuera! Pero adónde miras, alma de Dios; me parece a mí que estás tú arreglada. Pues ya se te puede ir quitando eso de la cabeza, que tú no sales con ese golfo mientras yo viva. ¡Faltaría más!

TOCHO. O menos. Más quisiera usted que entrara [72] en el negocio. Hace falta un hombre en casa, eso se ve, y un servidor está hecho de material de primera, señora, así que sin faltar.

ABUELA. Pues sí que... Era lo que me faltaba a mí. (*Leandro ha traído al* POLICÍA *hasta la mesa, lo sienta en una silla y le quita la mordaza para que tome el café.*)

LEANDRO. Tenga usted, tómese un cafecito, le sentará bien. (*Le da el café y se lo bebe. Todos le miran.*) ¿Qué? ¿Ya está mejor?

POLICÍA. No. Me encuentro muy mal. Tengo que ir al hospital. Me han roto el codo al tirarme, casi seguro, y la cabeza me duele muchísimo. Vamos, que no estoy mejor, sino muchísimo peor.

LEANDRO. Venga, hombre, no será para tanto. Gajes del oficio.

ABUELA. Oiga, disimule usted, señor policía, que ha sido sin querer las tres veces.

POLICÍA. ¿No tendrá unas aspirinas por ahí?

ABUELA. ¡Quite allá! Veneno puro. Luego le hago unas hierbas [73] si acaso. ¿Quiere una copita? Es del dulce, para que se entone un poco...

[71] 1ª ed.: "preciosidá". La corrección sugiere la cercanía al cine negro norteamericano. Recuérdese la película (y novela de Raymond Chandler) *Adiós, muñeca.*

[72] 1ª ed.: "que entrara un menda". La voz suprimida es típicamente arnichesca, aunque pervive en el cheli, reforzada: "mi menda" o "mi menda lerenda".

[73] *Hierbas:* 'infusión de hierbas'.

POLICÍA. No, gracias. Estoy de servicio. ¡Ay, Dios! Me duele toda esta parte de aquí, me llega hasta el ojo.

LEANDRO. No es nada, no se preocupe.

ABUELA. Es del golpe, que está un poco hinchado.

ÁNGELES. ¿Quiere más café?

POLICÍA. No, gracias.

LEANDRO. ¿Está mejor? Bueno. Ahora va usted a hacernos un pequeño servicio. (*Se levanta.*) Diga a sus colegas de fuera que está bien y que no hagan nada. Si atacan la casa, más de uno no come el turrón estas Navidades,[74] usted el primero, así que no se pasen de listos.

POLICÍA. Muy bien. Salgo y se lo digo, y no se preocupen que...

TOCHO. ¡Dónde vas! Éste se cree que nos chupamos el dedo. Se lo dices desde aquí, altito, para que te oigan. ¡Venga! Y cuidado, ¿eh?, no nos pasemos de listo, ya has oído a Leandro. (*Acercan al* POLICÍA *a la puerta y grita a los de fuera.*)

POLICÍA. ¡Señor Gobernador! ¡Aquí el subinspector Maldonado, a sus órdenes! ¡Estoy bien! ¡Las mujeres también están bien! ¡Es mejor que no intenten entrar, éstos están armados! ¡Son dos, tienen dos pistolas, con la mía, y una navaja...!

LEANDRO. ¡Oiga! Menos explicaciones, que se está pasando.

TOCHO. Dígales que necesitamos unas cuantas cosas, que nos traigan los de la Cruz Roja.

POLICÍA. ¡Que a ver si podían traer unas cuantas cosas que hacen falta!

TOCHO. Los de la Cruz Roja.

POLICÍA. ¡Los de la Cruz Roja!

TOCHO. Vamos a ver... "Unas novelas..." [75]

POLICÍA. ¡Unas novelas!

[74] Así suele decirse de los entrenadores de fútbol, cuando su equipo marcha mal y peligra su puesto.

[75] Con su estupenda inutilidad, la primera petición manifiesta la simpática ingenuidad de Tocho.

TOCHO. ...Abuela, ¿hay camas para todos?
ABUELA. Anda, y vete a hacer puñetas.
TOCHO. ..."Unos kilos de filetes".
POLICÍA. ¡Unos kilos de filetes!
TOCHO. "Unas linternas"... por si cortan la luz.
POLICÍA. ¡Unas linternas!
TOCHO. "Una caja de cervezas".
POLICÍA. ¡Una caja de cervezas!
ABUELA. ¿Pero es que os vais a quedar a vivir aquí o qué?
TOCHO. ¡Cállese, leche! (*De nuevo al* POLICÍA.) Y tres... cuatro mil pesetas.
POLICÍA. ¡Y cuatro mil pesetas! ¡También unas aspirinas, ya de paso, por favor!
TOCHO. ¡Ah!, y un regalo para Leandro, que es su cumpleaños. [76]
LEANDRO. Venga, ya está bien. Tocho, cállate ya. Ya está bien. (*Al* POLICÍA.) Dígales usté que no intenten entrar o dejamos viuda a su mujer. Dígaselo, que hablamos en serio.
POLICÍA. ¡Dice que no intenten entrar!
TOCHO. (*Apuntando.*) O dejamos viuda a su mujer.
POLICÍA. ¡O dejan viuda a su mujer! [77]
TOCHO. A su mujer, gilipollas, a su mujer, a la suya.
POLICÍA. Yo estoy soltero.
MEGÁFONO. De acuerdo. Tranquilos. No haremos nada por ahora. Nos acercaremos a la casa, y por la cuenta que les tiene procuren que no les pase nada a los rehenes. Más tarde o más temprano tendrán que salir. No tenemos prisa. Cuanto más tarde salgan, peor para ustedes. (*La nueva tregua concedida baja la tensión del termómetro. El subinspector Maldonado aprovecha el momento y trata de llevarse el gato al agua, paternal, humano y conciliador.*)

[76] 1ª ed.: "su santo". Está mejor así, porque eso fechaba forzosamente la acción en un día.
[77] Como es bien sabido, la repetición mecánica es fuente de humor.

POLICÍA. La verdad es que deberían ustedes entregarse. ¿Qué remedio les queda? Es mucho mejor resolver todo esto de buena manera. Ya tienen bastante con lo que han hecho hasta aquí: atraco a mano armada, premeditación y alevosía, secuestro y retención de rehenes, ataque con lesiones a la autoridad.

LEANDRO. ¿A qué autoridad hemos hecho lesiones, vamos a ver?

POLICÍA. A mí. A la autoridad... yo... Y retenerme aquí a la fuerza con amenazas.

TOCHO. La que le ha atizado ha sido la abuela, así que ya sabe usted, abuela...

ABUELA. Yo no quiero saber nada.

POLICÍA. Ustedes, ustedes dos, ustedes son los responsables de todo lo que pase aquí. Luego el allanamiento de morada, intimidación constante, desprecio de sexo, [78] que ésa es otra, ¡ah!, y sobre todo, el no haber hecho caso al excelentísimo señor gobernador. Eso es lo peor. [79] (*Se va haciendo dueño de la situación. Llega hasta la mesa, se sirve otro café y se lo toma.*) ¿Pero saben ustedes lo grave que es retener a un miembro del Cuerpo Superior de Policía, así, a punta de pistola...? Y la ignorancia no exime de la pena en ningún caso.

LEANDRO. Usted es un médico. Nosotros pedimos un médico, usted tiene bata de médico...; para nosotros, un médico.

TOCHO. Di que sí, Leandro.

POLICÍA. Hombre no, no digan que yo... (*Trata de quitarse la bata.*)

TOCHO. ¡Quieto ahí con la bata puesta! Así si nos dan anginas o cualquier cosa, pues ya está. [80]

[78] El policía recita mecánicamente las fórmulas legales: el espectador sabe de sobra que no son aplicables a esta realidad.

[79] El ordenancismo lleva al absurdo: no hacer caso al gobernador es el peor crimen de todos.

[80] Humor absurdo al estilo de *La Codorniz*: si lleva puesta la bata de médico, puede curar cualquier enfermedad.

POLICÍA. Bueno, bueno. Basta de chiquilladas. Hay muchos agravantes, pero yo estoy dispuesto a ayudarles en lo que sea y a hablar en su favor. No son ustedes profesionales, [81] eso se ve...

TOCHO. (*Picado.*) ¡Usted es un bocazas! Usted es un bocazas, se lo digo yo. Venga, a tapar. Que en boca cerrada se dicen menos chorradas. [82] (*Le pone la mordaza y lo lleva a un rincón.*)

LEANDRO. La cosa está jodida. No sé que hacer.

TOCHO. De momento un saco de cemento. Nos tomamos un copazo de anís a la salud de la abuela y nos ponemos bien, ¿no? (*Sirve chinchón* ÁNGELES *en las copas y se meten un lingotazo entre pecho y espalda, de esos que dan buen consejo al que lo ha menester.*) [83]

TOCHO. ¡A su salud, jugona!

ABUELA. ¿Queréis un pito? ¿Rubio o moreno?

TOCHO. Saque el Winston [84] de las grandes ocasiones. ¿Otra copa, abuela?

ABUELA. Si no se os sube a la cabeza... (*Echa ahora el* TOCHO *el blanco líquido en las pringosas copas hasta rebosar y la cosa empieza a tener color.*) [85]

TOCHO. ¿Oyes, Leandro? Dice que se nos va a subir a la cabeza.

LEANDRO. Mira, cómo empina. De un trago. Una alhaja de quince quilates.

TOCHO. Como la nieta.

ABUELA. (*A* ÁNGELES.) Tú un chupito [86] sólo, niña, que luego no duermes. Saca las pastas para que pase mejor.

[81] En medio de las bromas, ésta es una declaración seria: por eso –entre otras cosas– se suscita la simpatía de los espectadores por estos personajes.

[82] Cambio imprevisto, humorístico, de la frase hecha: “no entran moscas”.

[83] Se aplica a algo inesperado la tradicional definición de una de las obras de misericordia.

[84] 1ª ed.: “Chester”. Es una actualización.

[85] Contraste humorístico: el blanco trae color.

[86] *Chupito:* ‘traguito’. Frecuente en los sainetes.

TOCHO. Esto parece mismamente un guateque. Hay que celebrar el cumpleaños del Leandro, ¿a qué sí? ¿No tiene música aquí, abuela?

ÁNGELES. Sí que tenemos. ¿Puedo bajar los discos, abuela? ¿Me deja?

ABUELA. ¡Bájalos si quieres! Pero no los rompas. Son más viejos que yo, así que no sé para qué... (*Desaparece por la escalera* ÁNGELES, *mientras los demás siguen dándole al anís. Entran animados por el ventanuco de encima de la puerta los últimos rayos de sol de la tarde.*)

TOCHO. Algo habrá con marcha.[87] ¡Ánimo, Leandro, hombre! No te vas a dejar comer el coco[88] por el gobernador, ¿no? ¿Tú lo conoces?

LEANDRO. ¿Yo? Ni sé cómo se llama.

TOCHO. ¿Y usted, abuela?

ABUELA. A mí ni me va ni me viene.

TOCHO. Ni a mí. Pues ya está.

ÁNGELES. (*Vuelve con las pastas, el tocata*[89] *y los discos de la voz de su amo.*[90]) Aquí está. Es un poco antiguo, pero se oye muy bien.

TOCHO. "Un poco antiguo". ¿Has visto, Leandro? Si hasta tiene manivela. ¿Qué, abuela, se lo regaló su madre cuando hizo la primera comunión?

ABUELA. No, rico, me lo regaló el cura, que era tu padre.

TOCHO. ¿Que el cura era mi padre? ¿Que el cura mi padre, eh? ¿Se cree que soy tonto? ¿Usted se cree que yo me chupo el dedo?... Pues mi madre está en el cementerio, bajo tierra, ¿me oye?, y si se mete con ella, por muy vieja que sea, le voy a partir la bocaza esa que tiene, ¿me oye?

LEANDRO. No te pongas así, hombre. No lo ha dicho con mala intención, ¿vas a pegarle a una anciana? (*Poniéndose delante.*)

[87] 1ª ed.: "movido". Ha actualizado la expresión.

[88] *Comer el coco:* 'engañar, traumatizar'.

[89] *Tocata:* 'tocadiscos'. Igual formación que *bocata:* 'bocadillo'.

[90] La famosa marca en la que un perro aparece junto a la bocina de un gramófono de manivela.

TOCHO. ¡Joder con la ancianita!

ABUELA. Tu madre sería una santa, pero tú eres un desgraciado, [91] hijo. No hay más que verte.

TOCHO. ¿Lo ves? ¿Ves como se está ganando un par de hostias? (*Va hacia ella y le sujetan* ÁNGELES *y* LEANDRO.) Se está rifando una y lleva todas las papeletas.

LEANDRO. Venga, Tocho, ya está bien, ¿te vas a manchar las manos por una tontería? No seas así...

ÁNGELES. Abuela, a ver si deja de meterse con el chico, que no le ha hecho nada.

ABUELA. ¿No se ha metido él con mi madre? Pues ya estamos en paz.

TOCHO. Tiene que quedar encima la tía... [92] ¡Me voy a cagar en...!

LEANDRO. Bueno, bueno, se acabó.

ÁNGELES. Haya paz, abuela...

LEANDRO. (*A* ÁNGELES.) Pon un disco de ésos, venga. ¡Otra copa, vamos! Se acabó la pelea. (*Beben y las aguas vuelven a sus cauces lentamente. Empieza a sonar el pasodoble "Suspiros de España" y la musiquilla, ramplona y caliente, debe haber visto la bandera pintada en la puerta y se pone emotiva y en su salsa.*)

ÁNGELES. (*En un pronto.*) ¿Quieres bailar conmigo, Tocho?

TOCHO. No, que estoy enfadado. Además, no sé bailar eso. Es de cuando se hacía la guerra con lanzas. [93]

ÁNGELES. No seas rencoroso, que yo no he hecho nada. Yo te enseño.

TOCHO. Bueno, pero que no se vuelva a meter con mi madre ésa.

ABUELA. Ni tú con la mía. (*Empiezan los dos chavales a mover el esqueleto,* [94] *paso va, paso viene.*)

LEANDRO. ¿Se le pasó el mosqueo, abuela? ¿Qué? ¿Se echa un baile conmigo?

[91] 1ª ed.: "... pero tú eres un hijoputa". Ésa es la expresión habitual, luego dulcificada.

[92] Comenta en su edición Mª Teresa Olivera: "La estanquera se ha impuesto como personaje principal para todos".

[93] 1ª edición ponía sólo: "No, que estoy enfadao".

[94] *Mover el esqueleto:* 'bailar'.

ABUELA. Anda, guasón, voy a bailar yo a mis años...

LEANDRO. Es mi cumpleaños.

ÁNGELES. Baile, abuela, que yo sé que le gusta.

LEANDRO. (*Ceremonial y pelotillero.*) ¿Me concede el honor de este baile?

ÁNGELES. ¡Que está deseando!

LEANDRO. Ande, sólo uno.

ABUELA. Es que sois de lo que no hay. Bueno, pa que no digáis. Sólo unas vueltas. Anda, que también ponerse a bailar con todo lo que hay ahí fuera...

TOCHO. ¡Hale ahí! [95]

ÁNGELES. La abuela es la que mejor baila del barrio. (*Se marcan ahora las dos parejas un pasodoble de aquí te espero y aquello parece ya, de verdad, la fiesta de un cumpleaños.*)

LEANDRO. Baila bien, sí señor.

ABUELA. Hacía la tira [96] que no bailaba, desde el santo de un vecino de aquí, ¿verdad, Ángeles? ¡Tú no te arrimes a la niña!

TOCHO. Y usted no se arrime al Leandro, que la veo.

ABUELA. Habráse visto el pocachicha [97] éste, la mala leche que tiene.

LEANDRO. Otra vuelta, abuela, así, muy bien... (*Canturrea ahora* LEANDRO *la letra de la canción.*) "Eran... eran suspiros, suspiroos de España"...

ABUELA. Es bonita esta pieza, [98] ¿a qué sí?, emociona...

[95] 1ª ed.: "¡Hale ahí, garbosa!"

[96] *La tira:* 'muchísimo'.

[97] *Chicha:* 'carne'. *Pocachicha:* 'de poca carne o pocas fuerzas'.

[98] *Suspiros de España* es una de las más populares canciones españolas. "Su autor es don Antonio Álvarez Alonso (...) al componer el maestro Penella su canción *En tierra extraña* (1927) tuvo la ocurrencia genial de incluir una cita de *Suspiros de España* y así, hacia el final de la canción, un piano lejano evoca la melodía inolvidable de ese pasodoble de tan hondo y sentimental aliento" (Jesús García de Dueñas: *¡Nos vamos a Hollywood!,* Madrid, ed. Nickelodeón, 1993, pág. 290). Según mi buen amigo Anacleto Rodríguez Moyano, es "la música más hermosa y sentida de toda la que en España se ha escrito" (*La Piquer vive. Cómo escuchar a la Piquer*, Madrid, ed. EMI-Odeón, 1991).

LEANDRO. Sí, abuela, sí, es bonita de verdad. Muy bonita. Si yo estoy en Alemania currando y la oigo, es que me cago por la pata abajo "...uuna copla sescuuchooooo".

ABUELA. Mi difunto, el pobre, [99] lloraba siempre que la poníamos. Era muy serio, pero tenía un corazón que no le cabía en el pecho.

ÁNGELES. Es que es muy bonito ser español, ¿a que sí?

TOCHO. Según se mire.

LEANDRO. España no hay más que una, sí señor.

TOCHO. Es que si llega a haber dos se van todos pa la otra. [100] Huele a humo ¡Que huele a quemado! ¡Huele a quemado! (*Paran todos de bailar y las narices guían a los ojos hasta un rincón detrás del mostrador.*)

ABUELA. ¡Fuego!, ¡fuego, sale fuego! ¡Ay, Dios mío, fuego!

ÁNGELES. ¡Ay, Dios, que está ardiendo todo!

LEANDRO. ¡Una manta! ¡Agua! ¡Maldita sea, moverse! (*Es más el ruido que las nueces y en un momento a pisotones van acabando con el naciente fuego.* LEANDRO *se ha quitado la chaqueta y a chaquetazos acaba con el foco principal.*)

TOCHO. Ha sido ese hijo puta, seguro. Lo mato por cabrón. (*Se fijan ahora todos los ojos en el* POLICÍA, *que tiene cara de héroe de película cuando le sale mal la cosa.*)

ABUELA. (*Al* POLICÍA.) Se podía haber metido las manos donde yo me sé. [101] ¡Vaya una forma de ayudar! Si me quema el estanco, me deja en la calle. [102]

TOCHO. (*Lo registra y le encuentra una caja de cerillas.*) Había sacado [103] las cerillas y casi nos chamusca.

[99] 1ª ed.: "Mi difunto".

[100] Sabio uso de los tópicos sentimentales, roto con el chiste popular.

[101] Eufemismo: "en el culo".

[102] La situación se ha invertido: los atracadores celebran una fiesta con la atracada y es el policía el que puede arruinarla.

[103] 1ª ed.: "El mamonazo había sacado..."

LEANDRO. Menos mal que nos hemos dado cuenta rápido. Si se prende el tabaco la liamos. [104] ¡Ay! ¡Pero si me he quemado!

ABUELA. ¿A ver? Te has quemado, sí...

TOCHO. ¿Te has quemado la mano, Leandro...? (*Al* POLICÍA.) ¿Has visto? ¡Por tu culpa! Ahora te vas a tragar todas las cerillas que quedan en la caja, una por una. (*Le quita la mordaza y muy violento va a meterle las cerillas en la boca, contestándole el* POLICÍA *en el mismo lenguaje agresivo.*)

POLICÍA. ¡Anda, si te atreves, hazlo, anda! ¡Muy valiente, porque estoy atado! ¡Suéltame a ver si tienes tantos cojones!

TOCHO. ¡Te vas a tragar todas las cerillas, por mi madre!

POLICÍA. ¡Ya te cogeré yo a ti en la comisaría, a ver si allí tienes tantos huevos!

TOCHO. ¿A mí? ¿A mí?

POLICÍA. ¡Sí, a ti, chulo de mierda! ¡A ver si allí eres tan valiente!

TOCHO. ¿A que te parto la cara? ¿A que te la parto atado y todo?

POLICÍA. ¡No sabes lo que estás haciendo! ¡Ya te enterarás, ya! ¡Te voy a matar!

TOCHO. ¡Tú a mí, madero! ¡Tú a mí me la meneas! [105] ¿Oyes, tú? ¡Me la meneas! ¡Y a ver si te voy todavía a...! (*Se mete el* LEANDRO *separándolos, volviendo a colocar la mordaza al* POLICÍA *y alejando a* TOCHO.)

LEANDRO. Estáte quieto, déjalo.

TOCHO. ¿Que lo deje? ¿No ves que es un cabronazo?

LEANDRO. La culpa es nuestra. Átalo mejor, para que no pueda moverse, y déjalo. Es su oficio.

TOCHO. Su oficio, su oficio... le voy a dar una que...

ABUELA. A ver tú, a ver esa mano. Bájate la pomada, Ángeles, y un vaso de agua, que este hombre se marea.

[104] Otro chiste: el tabaco no ha llegado a prender…

[105] Expresión de desprecio, a partir de: *meneársela*, 'masturbarse'.

LEANDRO. Déjelo, si no es nada. Nos ha aguado [106] la fiesta.

ABUELA. Se te ha quemado un poco la chaqueta. Luego te la coso, a ver qué se puede hacer. Oye, ¿te mareas?, estás un poco blanco...

LEANDRO. No, si no es nada.

ABUELA. Tiene que doler, tienes una buena quemadura. Siéntate aquí y estáte quieto, ¡leches!

ÁNGELES. (*Bajando.*) La pomada, abuela, y el agua.

LEANDRO. Que no es nada, déjelo.

ABUELA. Pareces un disco rallado. Trae la mano. (*Le da pomada sobre la quemadura con mucha dulzura.*) ¿Qué, duele ahora?

LEANDRO. Mano de santa.

ABUELA. Y ahora te hago unas hierbas, por si se te infecta y te da fiebre, aunque no creo, por la pinta que tiene...

TOCHO. No te quejarás, ¿eh, Leandro? Como una madre...

ÁNGELES. La abuela es la que mejor cura del barrio. ¿Le traigo fomentos, abuela?

ABUELA. No, no hace falta. Esta pomada me la enseñó a hacer mi abuela, que en paz descanse.

TOCHO. Ya ha llovido, ya.

ABUELA. Se te van a levantar unas buenas ampollas. En unos días no vas a poder tocar el piano.

MEGÁFONO. ¿Pasa algo ahí dentro? (*La voz fría y metálica les vuelve a la realidad.* TOCHO *contesta desde la puerta, gritando hacia afuera.*)

TOCHO. ¡La saliva por la garganta! [107]

MEGÁFONO. ¿Qué es ese humo? ¿Qué pasa?

TOCHO. Aquí, vuestro compañero, el Jerónimo, [108] que se ha puesto a hacer señales, pero se le ha visto el plumero.

[106] Otro chiste, añadido después de la 1ª edición: no hace falta agua porque ya nos han aguado la fiesta.

[107] Contestación infantil tradicional.

[108] Broma tomada de las películas del Oeste: el indio Jerónimo, las señales con humo y las plumas de los indios.

LEANDRO. ¡No pasa nada!

MEGÁFONO. ¡Maldonado! ¿Está usted bien? (*Quita* LEANDRO *la mordaza al* POLICÍA *y le indica que conteste.*)

POLICÍA. Sí, sí... estoy bien. No pasa nada. Tranquilos. Todo va bien.

MEGÁFONO. ¿Necesitas algo? ¿Las mujeres están bien?

LEANDRO. ¡Diga que está bien!

POLICÍA. ¡No, no... Todo bien!

MEGÁFONO. De acuerdo. Cambio y corto. (*Calla el megáfono, vuelven a poner la mordaza al* POLICÍA, *y quedan luego todos por un momento mirando las musarañas. Va desapareciendo la última luz de la tarde y el momento se pone tristón. La abuela enciende la bombilla amarillenta de 60W, que da una tonalidad irreal a las filas de Ducados, y empieza a recoger lentamente los restos de la fiesta.*)

ABUELA. ¿Qué? ¿Cómo va eso? ¿Escuece todavía?

ÁNGELES. ¿A que ya está mejor?

LEANDRO. Mucho mejor. Ya no me duele nada. Mano de santa, abuela, mano de santa.

(*Ha puesto* TOCHO *de nuevo el pasodoble, y como si supiera qué está pasando suena ahora más apagado, más triste, más ramplón, más vacío. Y las cuatro siluetas se van recortando sobre los estantes de madera raída del viejo estanco de Vallecas.*) [109]

[109] Todo este final del cuadro es un ejemplo claro del balanceo entre sentimentalismo, tragedia y humor.

Conchita Montes (la Abuela) y Beatriz Bergamín (Ángeles), en la reposición de *La estanquera de Vallecas* en el Teatro Martín de Madrid. La producción estaba dirigida por el propio autor.

Foto: Pariente

Beatriz Bergamín (Ángeles) y Manolo Rochel (Tocho), en otra escena de *La estanquera de Vallecas*.

Foto: Pariente

CUADRO TERCERO

E S *noche cerrada. Oscuridad sólo rota por las rendijas de luz de la puerta y ventanuco de encima, que dejan pasar rayos de los focos que la policía ha colocado fuera. Silencio. Sólo se oye algún ratoncillo que va de romance nocturno. Luego se escucha crujir los escalones de madera y el* TOCHO, *que hace guardia, se estira como un gato en la oscuridad.*

TOCHO. (*En voz baja.*) ¿Quién anda ahí?

ÁNGELES. (*También en un susurro.*) Soy yo. He venido a traerte café con leche y unas pastas de chocolate. La abuela está como un tronco y al Leandro le he oído roncar.

TOCHO. Gracias, muñeca. ¿Tú no tienes sueño?

ÁNGELES. Yo soy de poco dormir. ¿Está bien de azúcar?

TOCHO. Riquísimo, como tú. Siéntate aquí, a mi lado, anda, a hacerme compañía. ¿Tú no quieres una pasta?

ÁNGELES. No tengo hambre. Además no me gusta mucho el dulce. Dice la abuela que se caen los dientes.

TOCHO. ¡Que se caigan, no hagas caso! Yo soy un golosón. Por eso me gustas tú, porque eres un pastelillo de nata. (*Mira a la chica; está ahora sin gafas, el pelo suelto y en camisa, muy guapa.*) ¡Estás más buena que el arroz con leche!

ÁNGELES. No seas tonto.

TOCHO. ¡Madre mía, que me la como!, ¡soy el lobo feroz y me la como!

ÁNGELES. ¿A quién?

TOCHO. A ti, pastel, caramelo, azuquítar..., a ti, que tienes unos labios preciosos, ¡unos ojazos!, y aquí dos manzanitas que no se pueden aguantar, a punto de caer del árbol, que están diciendo ¡comerme!, ¡comerme!

ÁNGELES. Me estás haciendo cosquillas.

TOCHO. Cosquillas, cosquillas... un niño o dos te hacía yo ahora mismo si no estuviera de guardia. Dame un beso en la boca, anda.

ÁNGELES. (*Riéndose.*) No sé.

TOCHO. Ven que te enseño. (*La besa.*) Me gustas más que una moto de carreras, [110] más que una poza llena de vino, más... más que todo el oro del mundo... (*Canturrea bajito.*) "más quel aire que respiro y más que la mare mía". [111]

ÁNGELES. Como se despierte la abuela y te vea tocando, la liamos.

TOCHO. Pues que no mire. La abuela está en el país de los sueños y yo también. ¡Qué tetitas, Dios mío, qué tetitas! ¡Quítate ese botón, anda...! [112]

ÁNGELES. Pues tú también.

TOCHO. Que estoy de guardia, ya te lo he dicho, ¡estáte quieta! Además, yo no es lo mismo.

ÁNGELES. ¿Por qué, vamos a ver?

TOCHO. "¿Por qué, vamos a ver?", porque sí.

ÁNGELES. Si tú me metes mano a mí, yo te meto mano a ti.

TOCHO. Es que me pongo muy nervioso.

ÁNGELES. Yo también, y me dejo.

[110] 1ª ed.: "que un coche carreras".

[111] Es el estribillo de *Y sin embargo te quiero,* una de las más famosas canciones de Quintero, León y Quiroga, popularizada en los 40 por Juanita Reina: "Te quiero más que a mis ojos, / te quiero más que a mi vía, / más que al aire que respiro / y más que a la mare mía". Puede leerse en *Poemas y canciones de Rafael de León*, edición de Josefa Acosta Díaz, Manuel José Gómez Lara y Jorge Jiménez Barrientos, Sevilla, eds. Alfar, 1989, págs. 274-275.

[112] 1ª ed. añade: "¡abre la pechera, corazón!" Toda la escena, en la 1ª ed., usaba un lenguaje erótico más explícito.

TOCHO. Pero, bueno, ¡habráse visto! A que me enfado.[113]

ÁNGELES. ¿No me he desabrochado yo el botón?[114]

TOCHO. Que te he dicho que no es lo mismo. Además, hay un policía; no voy a ponerme aquí, delante de un madero, ¿no?

ÁNGELES. Si está dormido.

TOCHO. Y si se despierta, ¿qué?

ÁNGELES. Lo que pasa es que te da vergüenza, que lo sé yo. Si quieres yo me subo un poco el camisón. ¿Te gusta?

TOCHO. Te voy a dar un mordisco donde yo me sé que vas a andar luego jugando. ¡Qué muslitos tan suaves! Parece la piel misma del melocotón.

ÁNGELES. Los melocotones tienen la piel muy áspera. Yo los pelo para comérmelos, así que ya ves.

TOCHO. Bueno, pues de ciruela, o de sandía, o de plátano...

ÁNGELES. Eso sí que es un plátano. (*Risitas.*) ¡Y qué grande! (*Se oye una ambulancia. El* POLICÍA *se rebulle. De pronto,* ÁNGELES *deja las risitas y se pone a llorar.*)

TOCHO. ¿Por qué lloras ahora? ¿Te he hecho algo...? ¿Te has cortado? ¡Anda, que las mujeres, no hay quien os entienda! Estaba riendo y se pone a llorar... ¿Estás enfadada por algo?[115] ¿Entonces es que ya no me quieres...? Bueno, pues sí que... ¡Bajito, que se van a despertar todos...! Pero no llores, mujer, no seas así... No te he hecho nada, ¿no? Si eres mi novia, me tienes que decir por qué lloras, para saberlo.

ÁNGELES. (*Lloriqueando.*) Es por lo que me ha dicho mi abuela.

[113] 1ª ed. añade:
"TOCHO No es lo mismo.
ÁNGELES. Porque se te pone el pito gordo si te toco, ¿a que sí? A verlo".

[114] En vez de esto, en la 1ª ed.: "¿No te he enseñado yo las tetas?".

[115] 1ª ed.: "¿Es porque te he quitao la mano? ¿No?"

TOCHO. ¿Y que te ha dicho tu abuela, si puede saberse?

ÁNGELES. Que de ésta vais los dos a la cárcel para toda la vida.

TOCHO. ¡Qué exagerada la vieja! Lo primero es que nos cojan. Lo segundo... ¡Ya veremos, dijo un ciego! [116] Tú no declararás contra mí, ¿verdad?

ÁNGELES. ¿Yo? Ni la abuela tampoco, seguro.

TOCHO. Pues decís a los polis que somos unos parientes que hemos venido a pasar unos días [117] y ya está. Arreglado, ¿lo ves?

ÁNGELES. Bueno. (*Pausa.*) ¿Y ése, qué? (*Le señala al* POLICÍA *que dormía en un rincón.*)

TOCHO. Sí, es verdad... ¡Bah!, déjalo, no vamos a comernos el coco aquí tú y yo, a quemarnos el molino. [118] El Leandro lo arreglará, ya lo verás. Es un tío muy listo. Hemos armado cada una por ahí... y nada. [119]. Y, además, es albañil, lo que pasa es que ahora está en el paro. (*Empieza a acariciarle dulcemente la cabeza.*) ¿Ya se te ha pasado? ¿Estás mejor?

ÁNGELES. Sí.

TOCHO. Ven. Ven aquí conmigo... (*Ella se acerca y se acurruca en sus brazos.*)

ÁNGELES. Es que no quiero que te pase nada.

TOCHO. ¡A mí! ¡Qué me va a pasar a mí! Hierba mala... [120] ¿Cómo no te había conocido yo a ti antes, vamos a ver?

ÁNGELES. No sé.

TOCHO. Se está bien aquí..., ¿a que sí...? Mira... no se oye nada. El mundo se ha parado. Estamos tú y yo solos.

ÁNGELES. Sí.

TOCHO. Así, tranquila... No te preocupes, amor mío, que ya verás cómo no va a pasar nada.

[116] Frase proverbial humorística.
[117] 1ª ed.: “la Semana Santa”.
[118] *A quemarnos el molino:* ‘a preocuparnos’.
[119] 1ª ed. añadía: “un tío chachi”.
[120] Falta la segunda parte del dicho: “…nunca muere”.

ÁNGELES. Lo dices como en el cine lo de "amor mío". A ver, dilo otra vez.

TOCHO. Amor mío. Amor mío. Amore mío, se dice en italiano.

ÁNGELES. "Amore mío"... ¿y en francés?

TOCHO. "Ye vous eme". (*Ríen los dos bajito y tose el policía dormido.*) ¡Chiss!, ¡Calla, que se va a despertar aquí el *sheriff*!

ÁNGELES. Amore mío..., amore mío..., amore mío... (*Ríen otra vez juntos, y se besan, y se abrazan, y se acarician, y se quieren, y se va apagando sobre sus cuerpos juntos lentamente la luz. Bajan las escaleras, despacio,* LEANDRO *y la* ABUELA. *En manos de ésta un viejo quinqué de antes de la guerra, que alarga sus sombras. Crujen los escalones de madera en el silencio de la noche.*)

LEANDRO. ¿Lo ve, exagerada? Mírelos, ahí dormidos, como los ángeles.

ABUELA. Un ángel y un diablo, di mejor. Nada más entrar por esa puerta me dio en el olfato: ¡Satanás [121] de joven, mismamente!

LEANDRO. Un buen chico.

ABUELA. Hay cariños que ciegan. Éste te lleva a ti por mal camino, y a mi nieta, si la dejo. Pero, antes de que me la desgracie, le saco los ojos al Romeo este. Que una ha visto ya mucho para que le den gato por liebre y éste es de los que arañan; no hay más que verlo, la cara de malo que tiene. Las malas compañías han puesto al mundo como está.

LEANDRO. El mundo lo han puesto como está los que yo me sé. [122] No me venga con gaitas que ya soy mayorcito y yo tampoco me chupo el dedo. (*Los dos quedan un momento bajo la luz irreal que proyecta sus sombras sobre la pared de tabaco. Se miden en la oscuridad, buscando un resquicio por donde colarse. Rompe el silencio el maullido de*

[121] 1ª ed.: "Belcebú".

[122] Al tópico moralizante de la Abuela, opone Leandro su lógica de albañil en paro.

un gato dolorido y filósofo, que acaba de descubrir el intríngulis del mundo.) [123]

ABUELA. ¡Qué nochecita! Cualquiera pega ojo. (*Mira por las rendijas de la puerta hacia afuera.*) Como les dé a esos por entrar a saco vamos a pagar, como siempre, los que menos culpa tenemos. (*Mira al* POLICÍA.) Ése parece que está acostumbrado... ¿Qué? ¿Quieres un pito?

LEANDRO. Sí, bueno. No haga ruido, no se despierten.

ABUELA. La Ángeles, ni aunque la pase por encima el camión de la basura. Yo también voy a echar un cigarro. Un día es un día.

LEANDRO. ¿Fuma usted, abuela?

ABUELA. Cuando se tercia. Un cigarrillo, de vez en cuando, no hace mal a nadie, digan lo que digan los médicos. Dos veces he ido al médico en mi vida, y las dos veces casi me mata. ¿Te duele la mano? Si quieres te doy más pomada.

LEANDRO. No, está bien. Ya no lo noto casi. Ha quedado muy ahumada la pared. La tendrá que dar un poco de pintura. Ese tabique está muy mal hecho de todas formas. Cualquier día se le cae encima. Se podía ya aprovechar y arreglarlo y luego encalarlo bien. No es nada.

ABUELA. ¿Cómo te metiste en estos berenjenales? Ese pájaro de cuenta lo entiendo, pero tú tienes más cara de San Roque que de gángster. Oye, no me la habrá dejado embarazada el pistolero éste. Era lo que me faltaba pal duro.

LEANDRO. Que pistolero ni qué pistolero. Y ha cogido una manía con lo de embarazada, que pa qué.

ABUELA. Si sabrá una lo que dice y por qué lo dice. ¿Sabes por qué eché yo a la madre de Ángeles al mundo? ¿No?, pues yo sí. Cuanto más miro a ése menos me gusta. Se parece a uno que yo me sé. Su propia foto. [124]

LEANDRO. Porque le mira con malos ojos.

[123] Otra acotación literaria, con animación de animales u objetos. Y una luz expresionista, declaradamente “irreal”.

[124] 1ª ed. acentuaba el vulgarismo: “afoto”.

ABUELA. Y tú guapo, ¿tienes novia?

LEANDRO. Casado y separado. Bueno, separado, que se dio el piro [125] con uno que valía más que yo.

ABUELA. ¿Y tienes madre o alguien a quien avisar, en el caso de que os pasara algo? No es por ponerme en las malas, pero más vale un por si acaso...

LEANDRO. Más solo que la una. Bueno, tengo al Tocho, eso sí.

ABUELA. Pues sí que..., más vale solo que mal acompañado.

LEANDRO. Qué manía ha agarrado usted con el chico. Porque robe no es para tanto, ¿no?, que hay quien roba millones todos los días y nada.

ABUELA. En eso tampoco andas equivocado, ya ves. (*A todo esto,* LEANDRO *anda de un lado para otro, tocando y golpeando las paredes.*)

LEANDRO. ¿Esta pared de aquí, adónde va?

ABUELA. A la casa de al lado, dónde va a dar. ¿Por qué?

LEANDRO. No, por nada. (*Pausa.*) ¿Usted aquí no tendrá un pico?

ABUELA. ¿Un pico? ¿Para qué voy a tener yo un pico? Oye, tú, no estarás pensando en tirarme la casa... A ver si crees, además, que la policía es tonta. ¡Un pico! Desde luego, se te ocurre cada cosa. Cuando yo te digo. ¡Un pico!

LEANDRO. Bueno, bueno... Sólo estaba preguntando... (*Sigue* LEANDRO, *mientras habla, empujando las paredes aquí y allá, como si fuera a encontrar una puerta mágica* [126] *que les saque de allí, o algo parecido.*) Por el techo no hay quien salga..., con los focos que han puesto se ve más que de día... Pues precisamente quería yo pedirle a usted un favor..., por si la cosa se pone mal y no podemos salir de aquí..., a ver si es posible...

[125] *Darse el piro:* 'irse, abrirse, huir'.

[126] En medio de la dura realidad, la ilusión inverosímil, como en un cuento infantil.

ABUELA. Tú me has salvado el estanco del fuego, así que si puedo hacer algo por ti..., aunque tú también tienes la culpa, todo hay que decirlo. Las cosas son como son.

LEANDRO. No, si no es por mí. Se trata del chico. Que me ayudara usted a sacarlo de ésta de alguna forma. (*Como si le hubieran puesto un cohete, salta la* ABUELA *y apaga el pito y las confidencias, recogiendo velas.*)

ABUELA. ¡Ah, no, de eso ni hablar! Una cosa es una cosa y otra es otra. [127] A mí no me metas en esto. ¡Encima de que venís a robarme, casi me matáis y el estanco medio chamuscado! ¡Vamos, anda!

LEANDRO. ¡Chisss! Que los va a despertar.

ABUELA. ¡Pues que se despierten! Mira, no me pareces mal chico, a pesar de todo, pero a mí no me líes. A mí me tenéis aquí a la fuerza, que conste, y a mi nieta igual. Yo no quiero saber nada. No es sólo por mí... Además, que no.

LEANDRO. Si a usted no le iba a pasar nada. Es sólo decir que he sido yo solo, que él estaba aquí, o que nos conocían..., o...

ABUELA. ¿El policía qué, eh? Ése lo ha visto todo.

LEANDRO. O que venía conmigo, pero no hacía nada, que somos casi familia...

ABUELA. ¡Que no! Yo no me meto en esto. Lo que tenéis que hacer es entregaros y dejaros de historias. Está más claro que el agua. Y a ver si todavía me busco un disgusto por haberle endiñao [128] a ese los golpes por vuestra culpa. Lo que hay que hacer es trabajar, y ser como Dios manda, y no andar por ahí asesinando y robando y luego acordarse de Santa Bárbara cuando truena. Me quitan la licencia del estanco y me hunden.

LEANDRO. No hemos matado a nadie. Y lo de trabajar, el que tenga trabajo. De todas formas, gracias, déjelo. Usted por qué se va a meter.

[127] La Abuela se mantiene en el realismo implacable, sin hacerse ilusiones: "las cosas son como son (…) Una cosa es una cosa y otra es otra".

[128] *Endiñar:* 'dar, propinar'. Es gitanismo, que se mantiene desde Arniches hasta el cheli.

ABUELA. Eso mismo digo yo. (*Se acerca a la niña y la zarandea para que despierte y para sacarse no sé qué diablo que tiene en el cuerpo.*) ¡Tú, arriba, vamos, a la cama, venga, despierta! ¡Venga, [129] a dormir conmigo arriba, que aquí no se nos ha perdido nada!

ÁNGELES. Ya voy, abuela. ¿Hago el desayuno?

ABUELA. ¡El desayuno! ¡Anda para arriba, y como bajes otra vez, te ato a la pata de la cama!

ÁNGELES. Me había quedado dormida.

ABUELA. No hace falta que lo jures. (*Suben las escaleras las dos mujeres. La* ABUELA *se vuelve un momento desde arriba y habla al* LEANDRO.)

ABUELA. Oye, tú, ¿de verdad era hoy tu cumpleaños?

LEANDRO. Sí, de verdad.

ABUELA. Pues felicidades, hombre. Hale, y hasta mañana, si estáis aquí cuando nos levantemos. Y lo dicho, cuanto antes os entreguéis, mejor, te lo digo yo.

LEANDRO. Gracias por el consejo. (*Desaparecen nieta y* ABUELA *en la oscuridad. El* TOCHO *que se estaba haciendo el remolón,* [130] *habla ahora a* LEANDRO.)

TOCHO. ¿Pasa algo, Leandro?

LEANDRO. Ha venido la vieja y se ha llevao a la niña.

TOCHO. ¿Quieres que siga de guardia?

LEANDRO. No, sigue durmiendo, luego te despierto. Yo no tengo sueño.

TOCHO. No estaba dormido, no vayas a creer. Sólo me había quedao un poco traspuesto. (*Mira al* POLICÍA.) ¿Ése sigue frito? [131]

LEANDRO. Como un bendito. Se ve que no le damos mucho respeto.

TOCHO. ¿Qué hora es? Este cacharro no anda... (*Golpea su reloj.*)

LEANDRO. Las cinco menos cuarto. (*Pausa.*)

TOCHO. ¿Qué hora será en la China, eh, Leandro?

[129] 1ª ed.: "¡Venga leches!".

[130] 1ª ed.: "el remolón, por si acaso".

[131] *Frito:* 'dormido'. Igual que *cocido, sobado, sopa...*

LEANDRO. ¿En la China? Y yo qué sé. ¿Por qué? [132]
TOCHO. No, por nada. ¿Siguen ésos ahí fuera?
LEANDRO. Se han ido.
TOCHO. ¿Se han ido?
LEANDRO. Se han ido unos y han venido otros. [133]
TOCHO. ¡Ah! Anda que el gobernador se habrá quedado bien jodido, ¿a que sí?
LEANDRO. ¿Por qué?
TOCHO. No hemos salido, ¿no?
LEANDRO. Estás tu listo. Los que estamos bien jodidos somos nosotros. Él estará tan pancho en una cama cojonuda. Sí, seguro que no duerme por nosotros, seguro.
TOCHO. Pero bueno, no ha colao, ¿o no?, ¿eh?
LEANDRO. Una cama cojonuda, un cochazo de Dios, una casa de aquí te espero, un dinero todos los meses...
TOCHO. Bueno, ¿y qué? Nosotros, ni puto caso. ¿Hemos salido? ¿Hemos salido por muy gobernador que sea? ¿Hemos salido?
LEANDRO. No, no hemos salido. Anda, duérmete. (*Recorre arriba y abajo las cuatro paredes* LEANDRO *haciéndose a la idea. Ronca el* POLICÍA, *en el fondo del estanco.* TOCHO *busca la hendidura en el banco de la pared.*)
TOCHO. Tengo un dolor de tripa de dios. Me están dando retortijones. ¿Habías estado alguna vez metido en un fregao como éste?
LEANDRO. Sí. Cuando le robé los condones a Franco.
TOCHO. (*Riéndose.*) ¿De qué tamaño los usaba?
LEANDRO. Calla, coño, que vas a despertar a ése. (*Riéndose también.*)
TOCHO. Que se despierte. A ver si se cree que ha venido aquí a dormir. Oye, ¿tienes algún plan?

[132] Otro detalle que amplía el tono costumbrista: la imaginación, el deseo de estar en otro lado, lo que no tiene explicación.
[133] Chiste de pesimismo implacable, que pincha el globo de la esperanza, apenas creado.

LEANDRO. Volver al andamio en cuanto pueda. Esto no es vida.

TOCHO. Ni la otra. Lo mejor sería meternos ministros o millonarios. ¿Tú crees que atacarán al amanecer, como los indios? ¡Bah! Pase lo que pase más se perdió en Cuba. No aguanto más. (TOCHO *sube las escaleras, agarrándose la tripa que le aprieta, inquieto ante la situación peregrina que le espera.*) Los usaría para hacer globos para los nietos. (*Mira* LEANDRO *la imagen encogida de* TOCHO *en lo alto de la escalera.*) [134]

LEANDRO. Sí, para hacer globos. Anda, vete a cagar. [135]

(*Y el* TOCHO *se pierde en las alturas; mientras,* LEANDRO *enciende otro pitillo, el gato sigue dándole a la queja, el gobernador se da una vuelta allá en su cama, suena a lo lejos una ambulancia cruzando la ciudad, tose la anciana en el piso de arriba, hablan de la quiniela del domingo los policías que vigilan la puerta, y empiezan a caer unas gotas de lluvia a lo tonto sobre el barrio que duerme.*) [136]

[134] 1ª ed. añadía: "los usaría pa hacer globos pa los nietos".

[135] Este monólogo de Tocho recuerda los de la Hermana Mediana, al final de *El álbum familiar,* y Jaimito, al final de *Bajarse al moro:* el sueño eterno de la edad de oro, al que nos agarramos para mantener viva la llamita de la esperanza. Lo potencia, en contrapunto, la expresión directa de Leandro.

[136] Mª Teresa Olivera, en su edición, ha señalado el carácter cinematográfico, valleinclanesco, de esta complejidad de cosas que suceden simultáneamente (pág. 37).

CUADRO CUARTO

AL *día siguiente, por la mañana,* LEANDRO *habla por teléfono con su mano vendada. El* TOCHO *a su lado y* ÁNGELES *detrás. La* ABUELA, *en la camilla con las cartas. Es domingo y ha salido el sol, dentro de lo que cabe.* [137]

LEANDRO. ...Sí, sí... Pues mire usted... no, no. Estamos bien. Sí, están bien... ¿quiere que se pongan...? No, es que si salimos nos la cargamos... Ya pensaremos algo... Mientras haya vida... [138] No, no... Si se va la policía, salimos, pero nos llevamos a los rehenes por si acaso... ¿cómo dice? Es que de la policía no me fío, mire usted... Sí, sí, pero usted no entiende de estas cosas. Mire, dígales que nos pongan un coche a la puerta y que se retiren, pero de verdad, sin trampas. Sí, espero. (*Tapa el auricular del teléfono y habla al* TOCHO, *ilusionado.*) Dice que va a hablar con el comisario y el capitán que manda la policía. Si nos ponen un taxi nos damos el piro.

TOCHO. ¿Adónde?

LEANDRO. Nos perdemos por ahí. Ya veremos. El caso es escapar de aquí.

TOCHO. Lo que tú digas, Leandro. Nos damos el piro a 140 por hora...

LEANDRO. El cura quiere que nos entreguemos, claro. (*Ahora, de nuevo al teléfono.*) ¿Sí?, ¿diga? Sí, le oigo... ¡Pues de aquí no sale nadie...! Sí, le oigo, sí..., sí... (*Hace señas a* TOCHO *de que le está metiendo un rollo.*)

[137] Matización humorística, nada funcional.
[138] Sobreentendido: "...hay esperanza".

...No se preocupe que a ellas no les va a pasar nada... ¿Qué? (*Tapa el auricular y habla a* TOCHO.) Dice que si somos católicos. (*Al teléfono.*) Claro, sí señor, sí, no vamos a ser moros. Católicos, sí, pero no... [139] Ya sé que lo hace usted por nuestro bien. Nosotros también... (*A* TOCHO.) Dice que no le ha dejado venir la policía por si lo cogíamos de rehén... (*Al teléfono.*)...No, no soy de este barrio, no me conoce... Tampoco... Usted verá, déjelo... No, no, no hay cambios. (*A* TOCHO.) Dice que se cambia él por los otros. (*Al teléfono.*) ... Gracias, pero no.

TOCHO. Dile que si la cosa va mal nos diga unas misas, que ya se las pagaremos en el otro mundo.

LEANDRO. Padre, si las cosas van mal... nos dice unas misas... ¿Eh?, ¿que no es momento de bromas? ¿Qué quiere, que nos pongamos a llorar...? Mire usted, no estamos aquí por capricho, ¿sabe...?, ¿qué...? (*A* TOCHO.) ¡La madre que le...! [140] Dice que podemos confesarnos por teléfono en caso de necesidad. [141]

TOCHO. Eso es que nos quieren dar el pasaporte. Pues yo me llevo a todo el que pille por delante.

LEANDRO. Gracias, padre, pero no, hoy no tenemos ganas. Puede que otro día, a lo mejor... No se preocupe, sí, lo apunto... Cuatro, siete, siete, sí, sí, ya está. De acuerdo. Sí, adiós, adiós. (*Cuelga el teléfono y quedan un tanto decaídos.* ÁNGELES *los mira con cara de ida y la* ABUELA *disimula echando la suerte.*) Quieren asustarnos y que nos entreguemos, claro.

TOCHO. ¡Hombre, claro! No se van a liar a tiros; pueden dar a algún inocente, o al poli.

ABUELA. Dios nos coja confesados.

TOCHO. No sea agorera. Y si quería confesarse, ahí tenía al cura.

ABUELA. Las cartas salen malas. [142]

[139] Sobreentendido: “tontos”.

[140] 1ª ed.: “¡la madre el cordero!”.

[141] Con humor implacable, la ayuda del cura muestra su cruel inutilidad.

[142] Jugando a las cartas, la Abuela anuncia la fatalidad de la tragedia.

ÁNGELES. ¡Ay, abuela, no sea usted así, no asuste!

LEANDRO. Más tarde o más temprano tendremos que salir.

TOCHO. ¿Por qué? ¡Nos quedamos aquí para siempre y ya está! [143] A mí me gusta estar aquí, ya ves.

ABUELA. Tienes menos sesos que un mosquito. [144]

TOCHO. ¿Usted qué haría, lista?

ABUELA. Lo primero no venir a robar a pobres como nosotros. Puestos a robar, hay que saber robar, y a quién se roba.

TOCHO. En los chalés de los ricos no hay quien entre, ¡qué se cree! Y si te acercas a un banco, peor; más policías en la guerra.

ABUELA. Y es más fácil robarle a un pobre que está indefenso. ¿Pero tú tienes conciencia?

TOCHO. Olvídeme que no es mi santo.

ABUELA. Las cartas salen malas, muy malas. ¡Si es que no puede ser!

LEANDRO. ¿No íbamos a ponernos a pedir, no? Son cosas que pasan.

TOCHO. No te rajes, Leandro. ¡Joder, no te rajes! [145]

ÁNGELES. ¿Voy poniendo la comida, abuela?

ABUELA. Espera a ver éstos qué dicen, si se quedan a comer o no.

TOCHO. Venga, Leandro, no seas así. ¿Te acuerdas el día que nos llevamos el cochazo aquel y nos fuimos a Benidor? [146] ¿Qué? ¿Nos cogieron? ¡Nada! Como dos marqueses allí los dos, ¿o no? ¿Te acuerdas de cómo nos metíamos en el mar entre los franchutes? Y casi ligamos y todo... Porque se te notaba la raya de la camiseta, que si no... (*A* ÁNGELES.) Nos echan a todos del tajo, va éste y dice: "¡Que nos mandan a divertirnos,

[143] 1ª ed.: "y sanseacabó".

[144] 1ª ed.: "que una procesión de hormigas".

[145] *Rajarse*: 'volverse atrás, acobardarse'. Se usa desde el sainete hasta el cheli.

[146] La playa alicantina (en escritura fonética, sin -m final) simboliza un sueño de juerga propio de una época y una clase social.

Tocho!" Ligamos el primer cochazo que pillamos, lo que habíamos cobrado y hale, ¡carretera! Los dueños del mundo, ¡coño! Los dueños del mundo, los dos. O cuando limpiamos aquel escaparate por la noche...

LEANDRO. Anda, cállate.

TOCHO. ¿Por qué? ¿Es que no es verdad?

LEANDRO. A ver si te vas a poner a contar cosas encima del policía para que nos la carguemos más.

ÁNGELES. El policía no está.

TOCHO. ¿Cómo que no está? ¿Dónde se ha metido ese hijo de puta?

ÁNGELES. Salió antes al water. (*Desaparece* LEANDRO *escaleras arriba como un galgo y vuelve a los pocos segundos, como un conejo, cabizbajo y con aire de haberle cantado el "gorigori"* [147] *la ladina realidad.*) [148]

LEANDRO. Se ha largado por el balcón. Le habrán puesto una lona o algo. Parecía tonto. Ya decía yo que estaban muy callados. ¡Maldita sea!

TOCHO. La culpa la tengo yo, Leandro, que soy un gilipollas.

ABUELA. ¡Vaya dos!

TOCHO. ¿A usted quien le ha dado vela en este entierro, eh? (*Se deja caer el* LEANDRO *desmadejado en los últimos escalones que crujen comprensivos. La evidencia se obceca sin escrúpulos. Es la hora de la verdad, como los toreros,* [149] *y se escucha el silencio que precede al clarín de las señales.* [150] *La* ABUELA *le pone*

[147] *Gorigori:* 'canto lúgubre de los entierros' (vulgarismo).

[148] La realidad taimada deshace los sueños de los ingenuos atracadores.

[149] La de entrar a matar al toro. El director italiano Francesco Rossi eligió este título para su película sobre el diestro *Miguelín.*

[150] El toque de clarín da comienzo al drama –como hacían los golpes de bastón, en el teatro clásico– y señala el cambio de tercio. Recuérdense los versos de Manuel Machado: "Una nota de clarín / desgarrada / penetrante / rompe el aire con vibrante / puñalada" (Manuel Machado: *La fiesta nacional,* en Mariano Roldán: *Poesía universal del toro. (Antología)*, I, Madrid, ed. Espasa-Calpe, col. La Tauromaquia, 1990, pág. 255).

música y letra de "Los Campanilleros" [151] *al momento, para que esté más en su salsa.*)

ABUELA. "¡Ay!, en los puebloos
en los pueblos de mi Andalucía
los campanilleros por la madrugá
me despiertan con sus campanillas
y con las guitarras me hacen llorar.
Yo empiezo a cantar
y al sentirme toos los pajarillos
cantan en las ramas y echan a volar".

TOCHO. ¡Se quiere usté callar de una vez!

ABUELA. Es que tié coña la cosa. A ver si no va a poder una cantar en su propia casa.

TOCHO. ¡Pues no!

ABUELA. ¡Pues sí! (*Canta.*)
"Toas las floores,
toas las flores del campo andaluz
al rayar el día llenas de rocío"...

ÁNGELES. Yo le vi que iba al servicio, pero yo no sabía...

ABUELA. Tú no te metas en lo que no te importa. (*Y la* ABUELA *sigue dándole a las cartas y a los campanilleros por la madrugá, y entre ella y "La Niña de la Puebla" van poniendo el ambiente cuajaíto de amarguras, como en un cine de sesión continua.*)
"Lloran penas que yo estoy pasando
desde el primer día que te' conocío.
Porque en tu querer,
tengo puesto los cinco sentíos
y me vuelvo loca sin poderte ver".

TOCHO. ¡Que se calle, leches!

[151] "Ese mismo año, con 24 años, la Niña de la Puebla grabó su primer disco, por el que le pagaron dos mil pesetas, cantidad respetable en esa época. Su padre le escribió la letra de la canción y ella la musicó. No imaginaban que iban a conseguir un éxito que todavía se sigue recordando: "*Los campanilleros*" (Manuel Román: *Memoria de la copla: La canción española. De Conchita Piquer a Isabel Pantoja*, Madrid, Alianza Editorial, 1993, pág. 100).

ABUELA. ¡No me da la gana!

LEANDRO. Déjala que cante si quiere. Atranca el balcón arriba, anda. (*Sube el* TOCHO. *Pausa larga. Se oyen arriba los ruidos del chico.*)

ABUELA. "Pajarilloooos,
pajarillos questáis en el campo
gozando el amor y la libertá"...

ÁNGELES. La abuela es la que mejor canta del barrio.

ABUELA. Pues cómo cantarán las otras...
"Recordarle al hombre que quiero
que venga a mi reja por la madrugá.
Que mi corazón"...

LEANDRO. Hace calor aquí.

ÁNGELES. Sí.

ABUELA. "Se lo entrego al momento que llegue
cantando las penas qué pasao yo". [152]

LEANDRO. Eso es de "La Niña la Puebla".

ABUELA. Un cante, cante, y no la música de ahora que parece matarratas. Los jóvenes de ahora no valéis para nada.

LEANDRO. ¿Es usted andaluza?

ABUELA. Sí, andaluza de Segovia. (*Baja el* TOCHO *y empieza a moverse como un león enjaulado de acá para allá, contrastando su actitud con la quietud de los otros tres.*)

ÁNGELES. (*Por decir algo.*) Es de La Lastrilla mi abuela. Es un pueblo de Segovia. (*Canturrea ahora a punto de llorar.*) "De Bernuí de Porreros era la niña, y el galán que la ronda de La Lastrilla"... ¿Voy pelando las patatas, abuela?

LEANDRO. Haz la comida sólo para vosotras dos. Nosotros hoy comemos fuera. Nos han invitado unos amigos..., en Carabanchel. [153]

TOCHO. ¡No te rajes, joder, Leandro, no te rajes! ¿Quieres que salga y me líe a tiros con todos? ¡Ayer me decías que nos íbamos a comer el mundo, coño!

[152] Después de la 1ª edición, el autor ha cambiado la alternancia de frases y fragmentos de la canción.

[153] Enlaza con la referencia inicial: nota 9.

LEANDRO. Ayer era ayer y hoy es hoy. Se acabó el juego, Tocho. Llevábamos malas cartas y hemos perdido. [154]

ABUELA. Tiene razón. No hagáis más disparates, que ya está bien por hoy.

TOCHO. ¡Sí, coño, sí! Usted porque tiene un estanco. Gajes de viuda de guardia civil, ¿verdá?

ABUELA. ¡Millonaria soy! ¡Habráse visto el muerto de hambre este! A los nueve años estaba ya trabajando y no he parado hasta hoy. ¡Tengo un estanco, sí, qué pasa! A ver si encima...

TOCHO. ¿A ver si encima... qué? ¡A ver, qué!

LEANDRO. Vamos, déjala. (*Salta* TOCHO *enfrentándose con* LEANDRO, *dispuesto a todo.*)

TOCHO. ¡Si me da la gana, ¿no?! ¡Ya está bien! ¡A ver por qué la tienes que dar la razón y meterte conmigo¡ ¡Que estás...! ¿Qué pasa, a ver? ¿Qué te pasa a ti...?

LEANDRO. Déjame. Yo no me meto contigo... Bueno, venga, vámonos...

TOCHO. Vete tú si te da la gana. Yo no me voy.

LEANDRO. Vamos, Tocho, no la líes más.

TOCHO. ¿Para eso hemos venido? ¿Para eso hemos venido, eh?

LEANDRO. ¿Pero qué quieres? ¿Que nos maten a los dos? ¿Que nos den un tiro, eso es lo que quieres?

TOCHO. ¡Sí! ¡¡¡Sí!!!

LEANDRO. Te estás portando como un crío.

TOCHO. Y tú como un... ¡Vete a la mierda!

ÁNGELES. Por lo menos quedaros a comer.

ABUELA. ¡Que te calles tú! Ven aquí.

LEANDRO. Venga, vamos. (*Se acerca a la puerta y grita hacia afuera.*) ¡Eh, nos entregamos!

VOZ DE FUERA. ¿Cómo? ¿Qué?

LEANDRO. Que vamos a salir.

VOZ DE FUERA. ¿Qué?

LEANDRO. Ahora están sordos. ¡Que nos entregamos! (*Se oye cierto revuelo y consultas a la superioridad.*)

[154] La fatalidad inevitable de la tragedia.

MEGÁFONO. "Muy bien, mejor para todos. Ahora haced lo que os digamos: lo primero, abrid despacio la puerta y echad fuera todas las armas que tengáis. ¿Entendido?"

LEANDRO. De acuerdo. (*A* TOCHO.) La pistola. ¡La pistola! (TOCHO *se la tira al suelo y* LEANDRO *la recoge, abre y echa fuera las armas.*)

MEGÁFONO. Muy bien. "Ahora salid despacio, con las manos en alto, primero uno y luego, cuando digamos, el otro. Bien, arriba los brazos y no se os ocurra hacer ninguna tontería o tendríamos que disparar. ¿Está claro? Pues vamos. Fuera el primero".

LEANDRO. ¡Sal, Tocho! Levanta las manos y quieto. ¡Hala, sal! No te preocupes, que no va a pasarnos nada...

TOCHO. (*Yendo hacia la puerta.*) ¡Que te vayas a la mierda! (*Levanta los brazos y va a salir. Se vuelve y mira a* ÁNGELES.) Adiós, muñeca. Vengo a buscarte el domingo, ¿eh, tía? (*Ahora a la* ABUELA.) ¡El mal genio que tiene la...!

ABUELA. Anda, calamidad. [155] (*Desaparece por el hueco de la puerta. De pronto le vemos echar a correr y se oyen dos disparos.*)

TOCHO. (*Se oye la voz rota por las dos balas que lleva dentro.*) ¡Leandro... casi me escapo, por mi madre, casi me escapo! ¡Leandro, cabrón...! [156] (*Se oyen ruidos confusos y, luego, se apaga la voz del chico dentro de una ambulancia. Luego se escucha una sirena que arranca hasta perderse a lo lejos.*)

MEGÁFONO. "¡Venga, ya, tú, el otro, vamos fuera ya. Levanta bien los brazos, y no hagas ninguna tontería, como tu compañero, [157] si intentas algo, peor para ti. Sal despacio... vamos, sal ya". (*Echa* LEANDRO

[155] Aquí, la voz tiene un claro valor afectuoso y compasivo.

[156] Las palabras gruesas evitan la cursilería, en el momento más sentimental.

[157] "No hagas ninguna tontería, como tu compañero", es añadido posterior a la 1ª edición.

una última mirada a las dos y sale. Se oyen coches y sirenas que arrancan. Luego, silencio, cuchicheos de gentes, y finalmente, poco a poco, se van restableciendo los ruidos de siempre. Las dos mujeres empiezan a moverse lentamente, un poco a lo tonto, de un lado para otro. Entra entonces el POLICÍA *de antes, con la cabeza vendada. Lo mira todo un rato en silencio.*)

ABUELA. ¿Qué? ¿Se le ha olvidado a usted algo?

POLICÍA. No se haga la graciosa, no se haga la graciosa...

ABUELA. Encima de que casi me quema el estanco.

POLICÍA. Esto no va a quedar así.

ABUELA. (*Muy seria y con muy mala uva.*) No, eso se hincha.

POLICÍA. ¡Que no se haga la graciosa...! (*Coge un paquete de tabaco de un estante, lo abre, saca un cigarrillo, lo enciende y tira el paquete al mostrador.*)

ÁNGELES. Son cien pesetas.

POLICÍA. Cóbreselas al Gobierno. (*Recoge el maletín que había traído antes y que estaba sobre el mostrador.*)

ABUELA. Bueno, si hace usted el favor, que vamos a cerrar. Hoy es domingo y no se trabaja.

POLICÍA. No me las llevo detenidas por un pelo. A las dos. Ya se las avisará para ir a declarar.

ABUELA. Encantadas.

ÁNGELES. Ya ha oído a la abuela. Vamos a cerrar. (*Va a salir el* POLICÍA. *Se vuelve antes de llegar a la puerta y vuelve a mirarlo todo.*)

POLICÍA. Ya me han oído. Ojo. Miren bien por dónde se andan. (*Se da la vuelta, haciendo un mutis triunfal, y vuelve a golpearse la cabeza,* [158] *esta vez contra el canto de la puerta del estanco, que está borde,* [159] *como sus dueñas.*) ¡Ay! ¡Me cagüen hasta en la...! (*Sale.*)

[158] Mª Teresa Olivera (*obra citada,* pág. 41) ve una concesión al público en este nuevo golpe del policía, que completa su ridiculización, en el momento de su mutis final.

[159] Juega con el doble significado de *borde:* 'pico, esquina' y 'grosero, antipático'.

ABUELA. Anda con Dios, hombre, anda con Dios. ¡Qué vida esta! ¿Verdad, hija?

ÁNGELES. Sí, abuela. Qué vida esta... (*Pausa.*) ¡Qué vida esta!

(*Y se ponen a recoger lentamente, aquí y allá, el picao*[160] *y las pólizas de cinco, que habían salido a ver el final. Suben los ruidos de la calle, que van y vienen a lo suyo, y se va haciendo una vez más el oscuro en la escena, y en el mundo, como si tal cosa.*)

FIN

[160] *Picao:* 'tabaco en picadura'.

LA SOMBRA DEL TENORIO

A mi amigo y gran actor
Rafael Álvarez "El Brujo", que dio vida
a esta obra con su inimitable arte.

El Autor

HOSPITAL *de caridad en los años sesenta. En una cama de redondos y blancos hierros, un viejo cómico,* SATURNINO MORALES, *termina sus días. Ilumina al enfermo, delgado y macilento,* [1] *la luz de luna* [2] *que entra por un alto ventanuco. Va cubierto por un descolorido pijama que le da un aspecto fantasmal.*

En un lateral de la nave una monja inmóvil, sentada en una silla de madera. En el otro, un perchero del que cuelgan, majestuosos y espectrales, [3] *unos ropajes de teatro. A su lado una mesita con espejo, que recuerda a las de los camerinos de teatro, llena de utensilios para maquillarse y caracterizarse.*

Unos truenos a lo lejos, mezclados con músicas celestiales, [4] *dan un cierto sabor romántico al cuadro.*

SATURNINO *se queja y se revuelve entre las sábanas como si sufriese una pesadilla. Se oye un toque de campana* [5] *de convento y el enfermo se incorpora en la cama. Mira a su alrededor, con los ojos vidriosos por la fiebre.*

[1] Al tratar del *Tenorio*, el autor parece contagiarse, a veces, del léxico romántico. En el poema que le dio a conocer, Zorrilla habla de "... un cadáver sombrío y macilento..." ("A la memoria desgraciada del joven literato don Mariano José de Larra", en José Zorrilla: *Antología poética*, edición de Ricardo de la Fuente Ballesteros, Madrid, ed. Espasa-Calpe, col. Austral, 1993, pág. 66).

[2] Otro tópico romántico. Recuérdese, entre tantos ejemplos posibles, la leyenda de Bécquer *El rayo de luna*.

[3] Un adjetivo romántico más, acorde con el título, introduce la dicotomía básica de la obra: lo espectral o soñado (el teatro) frente a la realidad.

[4] Recuerdan las que suenan en la última acotación de *D. Juan Tenorio*: "al son de una música dulce y lejana..."

[5] Recuérdese lo que dice Zorrilla: "Yo tengo en mis dramas una debilidad por el toque de ánimas; olvido siempre que en aquella época se contaba el tiempo por las horas canónicas; y cuando necesito marcar la hora en escena, oigo siempre campanas, pero no sé dónde, y pregunto a qué hora es a las ánimas del purgatorio" (*Recuerdos del tiempo viejo*, Barcelona, 1880, pág. 170).

CUADRO PRIMERO

EN QUE DA COMIENZO LA HISTORIA DE SATURNINO MORALES, EL MISMO DÍA EN QUE TERMINA SU VIDA.

¿Me he muerto ya...? Palparme, me palpo, pero como uno no tiene experiencia en este trance, no sé por dónde me ando del camino. ¿Será esto otra pesadilla de las fiebres o andaré ya de viaje por el otro mundo? Ha sido duro vivir... y morirse también va a costar lo suyo, por lo que veo.

(*Un relámpago ilumina a la monja que está a su lado. Se oye la "Salve Regina" que canta el coro de monjas del hospital, mezclada con truenos y músicas alucinadas.*)

¿Quién anda ahí? ¡No sé si eres sombra del otro mundo,[6] o estoy en presencia del diablo en persona que ha venido a llevarse mis restos al infierno!

(SATURNINO *se sienta y da a la perilla que cuelga de la cabecera de su cama. El resplandor de la bombilla ahuyenta sus fantasmas.*)

¡Sor Inés, si es usted! ¡Qué susto me ha dado, carajo! ¡Creí que era difunto y venían ya a por mis huesos para llevárselos al agujero! ¿Qué hace ahí sentada a estas horas de la noche?¿Le ha encargado la priora que esté de vigilia a ver cuándo estiro la pata, para meter en mi

[6] Doña Inés era una sombra en el *Tenorio*. Aquí, Sor Inés aparece como una "sombra", en paralelismo con Saturnino-Ciutti, sombra de Don Juan.

camastro a otro doliente que espera plaza? Me ha cogido manía desde el día en que me oriné en la capilla, sin querer... Cosas de la edad, que no hay que tenerle a uno en cuenta, digo yo.

¡Qué le vamos a hacer, Sor Inés...! El caso es que si está usted ahí, por algo será, que ustedes tienen en esto más experiencia que yo. Así que si creen que tiene que ser hoy habrá que irse haciendo a la idea, aunque la cosa no me haga ninguna gracia. A lo mejor, a usted, que irá derecha al cielo, no le importa morirse. Para esto se metió a monja, ¿no? Pero yo veo mi porvenir más negro que sotana de cura, qué quiere que le diga.

En esto prefiero yo lo malo conocido, a lo que vaya a venir, por bueno que sea. Sólo de pensar que voy a estar en la caja más tieso que un bacalao, se me pone la carne de gallina. Me da igual si voy al cielo, o al infierno o a ningún sitio. Yo prefiero quedarme aquí. Además, que a mí eso del cielo y del infierno siempre me pareció un cuento chino. Lo de Dios es cosa más seria y de más respeto, eso ya lo sé. Pero lo del infierno es para asustar a los niños que no quieren ir a la escuela...

–"¡Vas a ir al infierno, Saturnino"...!

Un cuento chino. ¿A que sí, hermana?

(*Se oyen seis campanadas.* SATURNINO *se levanta y se sienta en el borde de la cama, meditabundo y filosófico.*)

¡Las seis! ¡Las seis de la mañana! Qué buena hora para retozar con una moza en el calor de la cama, Sor Inés, y no para morirse. Perdóneme si la escandalizo, pero visto ya lo poco que me queda me dan estos desahogos.

¡En fin! Habrá que irse preparando, aunque para este viaje que voy a emprender no se necesitan alforjas. Pero no hay más remedio, no se levante de pronto el telón de la otra vida y me vea así, en mitad de aquel escenario sin tener a punto el papel, que siempre es éste el mal sueño del cómico: estar ahí, en medio, sin saberte la obra que estás representando. Una pesadilla, hermana. No se puede usted imaginar el rato que se pasa cuando se le queda a uno la cabeza en blanco. Y el público allí, mirándote en silencio desde la oscuridad...

Me pasa eso en el sueño de la muerte, y me muero otra vez, sólo de pensarlo: ¡Hacer el ridículo ante los mismísimos ángeles del cielo, que habrán pagado además cada uno su entrada para ir a verme, como Dios manda! Excepto los invitados, claro, que siempre habrá algún angelillo gorrón que se cuele, hasta en el cielo.

Precisamente por eso tenía yo pensado pedirle un favor, cuando la viera, y consultarle unas dudas al respecto de mi futuro público, ya que usted, Sor Inés, es la monja más guapa y más buena de este antro, y es muy entendida en estos asuntos del más allá.

(*Se escuchan de nuevo los cánticos de la "Salve Regina", mientras* SATURNINO MORALES *se pone de pie y va hacia* SOR INÉS.)

CUADRO SEGUNDO

DONDE SE HABLA DE LAS DIFERENCIAS QUE HAY EN EL TEATRO ENTRE LOS PAPELES DE CRIADOS Y SEÑORES.

La cuestión es, hermana, que en toda mi vida de comediante, y ya sabe usted que ser comediante fue toda mi vida, hice siempre el papel de Ciutti en el Tenorio. Giras y giras por esos pueblos de Dios con los versos de Zorrilla a cuestas, aquel insigne escritor de las tierras del Pisuerga, que pasa por Valladolid:

"¡Clamorosa! ¡Apoteósica! ¡Conmovedora! Esta noche, de Don José Zorrilla, la obra más importante habida jamás en nuestro teatro. ¡Drama religioso-fantástico! ¡No se la pierdan! ¡Don Juan Tenorio!"...

¡Aquello era... ! Los teatros de bote en bote. Se ha llegado a representar en el día de Difuntos hasta en seis teatros en Madrid, y cuarenta en provincias, a la vez. ¡Figúrese!

(SATURNINO *coge sus viejas y vencidas zapatillas de debajo de la cama, y se sienta a ponérselas en el taburete que hay al lado de la mesita.*)

Pero el caso es que yo, hermana, aunque en esta obra hacía el papel de Ciutti, la figura del donaire, el criado, lo que en realidad siempre deseé fue hacer el papel de Don Juan Tenorio, que es mucho más vistoso que el de Ciutti. No sé si me comprende. Más largo, mejores prendas... más resultón... Más papel, vamos.

Además, que Don Juan es papel de dueño, y Ciutti de criado. Y en los papeles del teatro hay la misma diferencia que en la vida entre criados y señores: unos son los protagonistas, y otros hacen los recados. Y no hay color, hermana.

Por eso quisiera dar el cambiazo de una vez por todas, para poder llegar en la otra vida un poco más lejos de lo que he llegado en ésta. Lo que no sé es si a mi respetable público, los señores ángeles, y a Dios Nuestro Señor que me estará escuchando, [7] les parecerá bien que un servidor se pase de criado a tenorio. Pero es que de Ciutti no hay porvenir, ni en este mundo ni en el otro, se lo digo yo, hermana. Por eso necesito que me ayude y rece a mi futuro público, usted que tiene influencia con ellos, y le pida comprendan y disculpen esta sustitución, digamos.

He llevado la cruz del tal Ciutti sobre mis espaldas año tras año, por un desafortunado incidente de mi juventud: se puso malo el actor que interpretaba este papel el mismo día que ingresé yo en la compañía. Llego, subo al escenario, sin soltar todavía ni la maleta, en medio de aquel revuelo de gente que entraba y salía, y llegaba y venía...

Me acerco con mi maleta y digo:

– "Buenas".

Y me dicen ellos:

– "¡Tú!"

Y digo yo:

– "¿Yo?"

Y contestan ellos:

– "Sí, tú. Tú: Ciutti."

[7] Usa humorísticamente, para los ángeles y para Dios, dos fórmulas del lenguaje teatral y radiofónico.

Lo sustituí esa noche, con tal mala fortuna que tuve un triunfo inesperado, aunque hice el papel sin sabérmelo. Lo peor que me pudo pasar. Por una vez que maté un perro me llamaron mataperros. Odié el papel desde el primer día que lo representé. Y cuanto más lo odiaba, mejor decían que lo hacía. Y cuanto mejor lo hacía, más lo odiaba y más se me quedaba pegado para siempre a la piel. ¡Ciutti!

(*Tira* SATURNINO *de su pijama como si de la piel de Ciutti se tratara, que se hubiera quedado pegada a la suya.*)

Durante un tiempo probé a hacerlo mal a ver si así me lo quitaban y se lo daban a otro. Pero ni por ésas. Los caminos del arte son tan misteriosos e insondables como la vida misma, hermana. A veces, la entrega apasionada a algo sólo produce menosprecio en los que te miran. Mientras que otras, cuanto mayor es el desdén más entusiasmo despiertan en los demás.

Por todo ello quisiera yo, hermana, en esta postrera hora de mi existencia, vestir por primera y última vez en mi vida las prendas del Tenorio.

(SATURNINO *va hacia el perchero donde tiene colgado el vestuario de* DON JUAN, *y lo acaricia con añoranza y veneración*).

Rafael Álvarez "El Brujo", *creador* del personaje de Saturnino Morales.

Foto: Chicho

Una escena de *La sombra del Tenorio*.

Foto: Chicho

CUADRO TERCERO

AQUÍ SATURNINO COMIENZA A VESTIRSE Y A PREPARARSE PARA SU ÚLTIMA REPRESENTACIÓN.

Cintas, puños, lechuguillas, corchetes y gregüescos, el jubón, la trusa y la taleguilla... durante años guardados esperando esta ocasión. La peluca, la capa, la espada, las botas y la parlota [8] ... ¡El vestuario completo de Don Juan Tenorio!

(*Toma* SATURNINO *el jubón del perchero y se lo pone sobre su descolorido pijama de enfermo, como en un ritual religioso cargado de emoción.*)

Con este jubón debutó Don Olegario Olmo en el teatro Ruzafa de Valencia... ¡A tu memoria, maestro! Ahora va conmigo, como la casulla que se ponen los curas para recibir a Dios.

Vestido así triunfas nada más salir, sólo por la ropa que llevas puesta. Mire hermana: plata y seda natural. Así tenía ese temple ese hombre... ¡Don Olegario Olmo... ! Cuentan que en el mismo día de su debut, nada más levantarse el telón, cuando comienza Don Juan Tenorio la obra con aquella famosa redondilla que dice:

– "¡Cuál gritan esos malditos!
Pero, ¡mal rayo me parta

[8] *Lechuguillas:* 'puños de camisa grandes y almidonados'. *Corchetes:* 'broches'. *Gregüescos:* 'calzones anchos'. *Trusa:* 'gregüescos acuchillados'. La *parlota* debe de ser el sombrero de Don Juan Tenorio, pero no he encontrado fuente para justificarlo.

si en concluyendo la carta
no pagan caros sus gritos!"

En lugar de decir "malditos"... Con el teatro Ruzafa lleno: el público, la crítica, las personalidades... se levanta el telón y don Olegario se equivocó y dijo: "malvados".

– "¡Cuál gritan esos malvados!"

El público se quedó estupefacto. Un denso silencio recorrió el patio de butacas. Los aficionados siguiendo el libreto: "es malditos, que rima con gritos, no malvados"... ¡Qué violencia!

Él, mientras tanto, allí sin inmutarse, plantado como un árbol en mitad del escenario. Desde el jubón le subió la inspiración hasta la cabeza, y remató el verso:

– "...Pero, ¡mal rayo me parta
si en concluyendo la carta
no quedan escarmentados!"

El teatro se venía abajo. Tuvo que saludar varias veces. Aplausos... vítores... Los del palco: "¡Olegario, somos los de tu pueblo!" Claro, llevaba este jubón puesto... ¡El jubón del Tenorio!

Sin embargo, vestido de Ciutti, por muy bien que lo hagas no se puede llegar nunca más lejos de lo que yo he llegado en la vida, y mire que yo lo he hecho bien, modestia aparte. Parece que el puñetero del Zorrilla escribió este papel sólo para martirizar el corazón del pobre infeliz que tuviera que hacerlo. En los nombres que tienen los personajes ya se ve la diferencia. Uno: "Tenorio", "Don Juan Tenorio". Y el otro: "Ciutti".

Y si por los nombres y por la ropa que llevan puesta se nota lo que hay de uno a otro papel, por lo que dicen, en escena se ve aún mejor. Don Juan, por ejemplo, en un momento de la obra, dice:

– "Empezó por una apuesta,
siguió por un devaneo,

engendró luego un deseo,
y hoy me quema el corazón". [9]

Y Ciutti contesta:

– "¿Hay respuesta que aguardar?"... [10]

Compare y verá las pocas posibilidades que tiene un actor, cuando le toca un papel malo, de parecer bueno.

(*Vuelve a tocar los ropajes de su personaje soñado, intentando adueñarse así de su espíritu.*)

Con esta ropa se triunfa, dentro y fuera de la escena. Tiene clase, elegancia y distinción. Es ropa de conquistador. El Tenorio se llama "Tenorio" porque es un tenorio, no sé si me entiende. Vamos, que se dedica a beneficiarse a las señoras de los demás que encuentra en su camino. Para los maridos, padres y hermanos, no es ningún plato de gusto, pero para él: un banquete.

– "Pues por doquiera que voy
va el escándalo conmigo". [11]

El escándalo... y la ropa. Para el teatro, esencial. Y para la vida, también.

(*Coge* SATURNINO *los puños de encaje, colocándoselos con mucho esmero.*)

Con estos puños, cualquiera; encaje de Holanda bordado a mano. Mire cómo cuelgan... Qué caída tienen.

Se preguntará usted, Sor Inés, por qué razón tengo yo estas prendas, y no tengo más remedio que confe-

[9] *Don Juan Tenorio*, Parte 1ª, Acto II, v. 474-478.

[10] En realidad, no contesta así a lo anterior: esto lo dice en la primera escena de la obra.

[11] Lo dice Don Juan en la escena de su apuesta con Don Luis Mejía (Parte 1ª, Acto I, v. 410-411).

sárselo. Muchos don juanes de la compañía tuvieron que hacer, a veces, parte de su papel con una prenda de menos. Un duende rondaba el vestuario del Tenorio, y a menudo volaba. Había que ver a Don Juan, furioso, antes de comenzar la función, buscando la prenda:

– "Satur, ¿has visto mis puños? Los de encaje"...
– "¿Yo?, ¡no, señor! Puños no"...
– "Si los dejé aquí mismo"...
– "Podéis poneros los viejos, hasta que aparezcan".
– "Parece que hay un duende en esta compañía"...

Y el duende, prenda de aquí, prenda de allá, poco a poco completó este ajuar de triunfador. O mortaja, según se mire...

(*Coge ahora del perchero una peluca y se la pone, mostrándosela a* SOR INÉS.)

¿Me queda bien? Si algo no le gusta usted me lo dice y yo lo cambio, para que el papel quede lo mejor posible en este ensayo general con todo... No se preocupe si, metida aquí desde niña dedicada a obras de misericordia, lejos de los ajetreos de la vida, no conoce usted el argumento de la obra, que yo se lo cuento en dos patadas y así puede seguirla mejor. Aunque algo habrá oído hablar de ella, que no hay español ni vivo ni muerto, en cárcel, palacio o convento, que no sepa los amores de Don Juan y Doña Inés.

(SATURNINO *se prepara para poner a* SOR INÉS *en antecedentes de la célebre y conocida obra.*)

CUADRO CUARTO

EN QUE SE CUENTA, DE FORMA UN TANTO PECULIAR, LA HISTORIA DE DON JUAN TENORIO

Imagínese que estamos en el teatro, Sor Inés, y que esto está lleno de público. Ahí delante está el escenario, hermana.

(SATURNINO *coge el taburete y se sienta junto a la monja, dispuesto a hacer de público en una imaginaria representación de* "DON JUAN TENORIO".)

El de atrás no ve nada, con su toca... ¡Que va a empezar! ¡Silencio! ¡Vamos a escuchar!

Ya sube el telón. ¡Qué bonito el decorado! Mesas repletas, vino, música, fiesta... Carnaval en Sevilla. La obra empieza con una apuesta en la Hostería del Laurel, a ver cuál de los dos señoritos más conquistadores de la ciudad de la Giralda hace más golferías o pecados, que diría usted. El tal Don Juan Tenorio, para vencer a Don Luis, que es como se llama el otro, Don Luis Mejía, quiere quitarle la novia, y hacer además algo tan sonado que no quede duda de que él es el peor de los dos: raptar una novicia. Pero no se asuste, hermana, que al final termina bien y los protagonistas se arrepienten y acaban en el Cielo, por la gracia de Dios.

Mire: ¡Ya están ahí! ¡Empieza ya! Peleas, enredos, vicios, crímenes... La luna que aparece, tapias de convento que se suben, la luna que desaparece, tapias de convento que se bajan... Máscaras, antifaces, embozados, caballos que galopan... Misterio en las calles de Sevilla.

Y el Guadalquivir, otro decorado. Y allí el amor en una apartada orilla.[12] El amor y la muerte. El duelo. ¡Pum! Don Gonzalo de un pistoletazo: muerto. Ahora va a caer Don Luis Mejía, atravesado por la espada de Don Juan. ¡Zas! El Tenorio que huye al abrigo de la noche, por las aguas del río, en un velero bergantín.[13] Cae el telón. El descanso.

La gente se levanta de las sillas y habla de sus cosas: "¿Qué tal la vida?... Este año llueve menos que el pasado... ¿Cuándo te casas?"...

Mientras tanto, en los camerinos, es cuando Ciutti tiene que llevarle un vaso de agua al actor protagonista.

(*Va* SATURNINO *hasta la mesita del lateral, representando para la monja la situación que tantas veces vivió en su vida.*)

– "¡Pum, pum, pum! El agüita".

Sale el Tenorio de turno:

– "¿Qué tal, Satur? ¿Cómo ves al público? ¡Están pintados! Ni ríen, ni aplauden".

Yo, lo que se dice en estos casos:

– "Están un poco fríos, pero respetuosos y atentos".

Y el público que sigue, fuera, a lo suyo: "...que si llueve, que si no llueve, que si te casas, que si no te casas"...

Suena la campana. ¡La segunda parte! Ánimo que ya queda menos. ¡Vamos a sentarnos! Otro decorado. Esto es mucho más duro. El cementerio: estatuas de piedra, panteones, sepulcros, sauces, cipreses...

[12] "... en esta apartada orilla" dice Don Juan a Doña Inés en la celebérrima escena del sofá (Parte 1ª, Acto IV, v. 261).

[13] Al viejo actor se le viene aquí a la memoria el verso 4 de la *Canción del pirata* de Espronceda.

El público empieza ya con los bostezos. ¡Madrugan! Los actores se dan cuenta y van aligerando. Uno que entra, otro que sale a toda velocidad. "Que si te invito a comer, que si yo a ti también aunque estés muerto"... Y ya: el banquete. Manteles blancos con guirnaldas de flores, los muertos que se filtran por las paredes, invitados de otro mundo, brindis, duelo, aquí te cojo aquí te mato, campanas, esqueletos... Y "pum, pum, pum" aparece ya el Comendador llamando a la puerta.

Un gracioso del público grita:

– "Pasa, que está abierto".

Jolgorio entre el respetable. ¡Vamos a escuchar! ¡Silencio!... Y ahí está ya el Comendador, con su traje de estatua de piedra que pesa lo suyo:

– "Tu necio orgullo delira,
Don Juan:"

Otro gracioso:

– "¡Ole, así se habla!"

El Comendador, que sigue con su papel, deseando terminar:

– "...los hierros más gruesos
y los muros más espesos
se abren a mi paso: mira!"

"¡Mira!" Y la trampilla que no se abre. La portezuela que hay en el suelo del escenario, que tiene que abrir Rufino, el regidor que llevábamos en la compañía. Que es por donde tiene que desaparecer este hombre envuelto en una nube de humo, cuando levanta los brazos al aire y dice aquello de:

– "¡Los hierros más gruesos
y los muros más espesos
se abren a mi paso: mira!" [14]

[14] Así finaliza la escena 2ª del Acto II de la 2ª Parte (v. 233-237).

Y "mira" el hombre a la trampilla, y ve que nada. Cerrada. Rufino, el regidor, está con dos copitas... Y ya no tiene más remedio que salir de allí como puede... ¡Bailando!

– "¡Mira! ¡mira! ¡mira! ¡mira!
¡mira! ¡mira! ¡mira! va"...

El actor protagonista que está en un rincón, esperando, ignorado por el público, se enfada, saca la espada: más duelos, más muertes, más cementerios. Más horas de función, más bostezos del público. En éstas, Don Juan que ve pasar su entierro:

– "¡Por Dios, si soy yo!"

Se queda el hombre preocupado. ¡Imagínese! Si está muerto es que el plazo se ha acabado. ¡Con lo mal que se ha portado él siempre, pensando que no iba a morirse nunca! Entonces es cuando viene el final apoteósico. A punto de condenarse el Tenorio, hinca su rodilla en tierra... Y con gran estruendo de los cielos que se abren, Rufino echa aquí el telón del cielo, y aparece Doña Inés:

– "Cesad, cantos funerales:
callad, mortuorias campanas:
ocupad, sombras livianas,
vuestras urnas sepulcrales"... [15]

Los muertos, sombras y espectros esparcidos entre las tumbas miran sorprendidos la aparición. Los muertos, que suelen ser dos o tres, que hacen de cientos... Muertos de hambre, moviéndose de un lado a otro con su traje de esqueleto...

Doña Inés entonces se acerca y toma de la mano a Don Juan:

[15] Es la escena penúltima de la obra (v. 197-201).

– "¡Juan! ¡Juan!"...

Y le redime, y se van los dos derechos a los cielos, tan ricamente, rodeados de angelitos.
¿A que es entretenida, hermana?

(*Da* SATURNINO *por terminada la explicación de la obra y se va con el banquillo a la mesita donde tiene preparadas barbas, perillas, postizos y otros materiales necesarios para su transformación escénica.*)

CUADRO QUINTO

DONDE SE NARRAN ALGUNAS CURIOSIDADES Y AMARGURAS DEL CITADO PAPEL DE CIUTTI.

Bueno, pues ese Don Juan es el que tiene de criado al tal Ciutti, que es el papel que le he dicho hacía un servidor, para mi desgracia, pero sin el cual la obra no se comprendería, pues en el teatro como en la vida, sin los papeles de criados no podrían existir los de señores.

Este papel de Ciutti es, aunque no lo reconozca casi nadie, el más difícil de la comedia, pues tiene que ser comedido y estar en su sitio, sin destacar demasiado porque se enoja el actor principal, pero sin menguar, porque también se enoja el actor principal. El actor principal siempre se enoja. Si no se enojara, no sería el actor principal. Por eso ha habido pocos actores capaces de darle en su justa medida la réplica a Don Juan, además de un servidor, modestia aparte.

Lo estrenó un tal Caltañazor,[16] y luego Pizarroso, Mesejo, y otros muchos le dieron vida a lo largo de los años. Algunos de ellos están ya criando malvas en el mismo lugar donde empieza la segunda parte de esta comedia, o sea, el cementerio. Hubo un célebre intérprete de Ciutti, Mariano Fernández, del que dicen que metía morcillas en el papel, y el público se lo permitía porque lo hacía con mucha gracia, en verso y con acento italiano, que tiene su mérito. También he metido yo algunas morcillas, de vez en cuando, que es

[16] En este párrafo resume lo que dice la anónima *Historia de Don Juan Tenorio* (véase la Introducción).

un placer para el actor dejar de repetir como un loro las frases que se ha aprendido, para decir directamente lo que le sale del alma. Además, que el autor tampoco es un sabio todo el tiempo, cuando escribe un papel.

(*Empieza* SATURNINO *a pegarse perilla y bigote de* DON JUAN, *mientras sigue hablando del papel de* CIUTTI, *del que no le es tan fácil desprenderse, a pesar del cambio de atuendo.*)

En la obra se dice que Ciutti es italiano: de Génova. Lo dice Buttarelli, otro italiano, al principio, nada más comenzar, en el primer acto:

– "... me dio
tiempo a que charla metiera
con un paje que traía,
paisano mío, de Génova". [17]

Refiriéndose a mí... a Ciutti, quiero decir. Por eso, alguno de los actores que lo han representado lo han hecho con acento italiano:

– "No hay prior que se me iguale;
tengo cuanto quiero y más.
Tiempo libre, bolsa llena,
buenas mozas y buen vino". [18]

Pero así no gusta. Esta obra es muy española, la que más, y sólo debe hablar italiano Cristófaro Buttarelli, el hostelero, que chapurrea italiano porque no es papel importante ni de toda la obra, sino sólo para la escena del comienzo en la Hostería:

– "Sento.
Ma ho imparato il castigliano,
se è più facile al signor
la sua lingua"... [19]

[17] Parte 1ª, Acto I, v. 329-333.
[18] Escena 1ª de la obra, V. 19-23.
[19] Escena 2ª, V. 52-55.

Quitando ese papel los demás han de hablar un buen castellano, como el que tenía su autor, el Señor Zorrilla, por ser de Valladolid.

Aunque la acción transcurra en Sevilla, acento andaluz tampoco hay que tener. Imagínese a Don Juan diciendo en andaluz eso de:

– "Por donde quiera que fui,
la razón atropellé,
la virtud escarnecí,
a la justicia burlé,
y a las mujeres vendí". [20]

Y yo, Ciutti, ¡ele!, dando palmas. No es serio. O que yo dijera, seseando, aquello de Ciutti:

– "Que esa aldabada postrera
ha sonado en la escalera,
no en la puerta de la casa". [21]

En vez de "de miedo", la escena parecería de los Quintero, y es otro género.

Hubo un célebre actor, un tal Riquelme, que sí que le metía algo de acento andaluz al papel de Ciutti y gustaba, como excepción que confirma la regla. Pero se hiciera como se hiciera, en italiano, andaluz o castellano, luego, saludabas al público al final, en las glorias, en la fila de atrás. Delante estaban Don Juan y Doña Inés; y a los lados Don Gonzalo y la Brígida.

Mal papel, se lo digo yo, que de esto entiendo un rato. Dicen que el autor tardó en escribir la obra veintiún días. [22] Debió de gastar veinte en escribir Don Juan, y uno en Ciutti. En la primera escena de la obra llego a decir que no sé cómo se llama Don Juan, [23] después de

[20] En el desafío con Don Luis (1ª Parte, Acto I, v. 501-50).

[21] Cuando llama la sombra del Comendador (2ª Parte, Acto II, v. 102-105).

[22] Esa tradición la recoge también la *Historia de Don Juan Tenorio*.

[23] "BUTTARELLI.– ¿Su nombre?
CIUTTI.– Lo ignoro, en suma" (v. 30).

llevar un año a su servicio. ¡Ni que fuera tonto! Pondría eso el autor porque rimaba con el verso anterior, [24] o por tomarme el pelo, no porque fuera cierto.

Pero de todo lo que le cuento del papel, lo que peor me caía era que Don Juan Tenorio se pasaba la comedia entera mandándome a recados: "Ciutti, trae esto", "Ciutti, vete a por lo otro", de aquí para allá la jornada entera, como a mozo de mesón. No paraba. Y Ciutti: "Señor" para acá, "señor" para allá... Hasta "lebrel" me llamaba, en una ocasión, y delante de todo el mundo. En el primer acto, cuando dice aquello de:

– "Pues, señor, ¡soberbio envite!
Muchas hice hasta esta hora,
mas, ¡por Dios que la de ahora,
será tal, que me acredite!
Mas ya veo que me espera
Ciutti. ¿Lebrel?"

Y yo:

– "Aquí estoy". [25]

Y al fin y al cabo, salir a hacer "un recado" un personaje en una obra de teatro no requiere más trabajo que quedarse entre cajas esperando y volver a entrar cuando el papel lo requiera. Pero es que Don Juan seguía luego con el papel en la vida, y, terminada la representación, continuaba dándole al ordeno con la misma presteza que en la obra, como si lo de ser él amo y yo criado fuera para siempre. Sólo con cambiar el "Ciutti" por "Saturnino", que es como usted sabe se llama un servidor, mantenía el resto de la frase del autor en lo respective a mandarme recados: "Satur, trae esto. Satur,

[24] Más bien rima con un verso posterior:
"BUTTARELLI.– Largo plumea.
CIUTTI.– Es gran pluma" (v. 32).

[25] En realidad, es en el Acto II de la 1ª Parte (v. 514-519).

trae lo otro". Y yo, por no traicionar la relación escénica, y también porque se acostumbra uno a todo en la vida, incluso a obedecer, acababa yendo a por vino o a por un bocadillo al bar cercano, porque él no quería salir:

– "Refresca ahora ya mucho por las noches, Satur, y puedo coger ronquera en la voz, y a ver quién dice mañana, ronco, aquella tira de versos tan larga de:"

– "Yo a las cabañas bajé,
yo a los palacios subí,
yo los claustros escalé,
y en todas partes dejé
memoria amarga de mí". [26]

Y para que él pudiera seguir bajando a cabañas y subiendo a palacios con buena voz, tenía yo que ir a por su manduque, hasta el mesón del pueblo, nevara o lloviera a cántaros. Y si era yo el que al día siguiente ronqueaba, sin salirme la voz de la garganta al decir:

– "A todo osado se arroja,
de todo se ve capaz,
ni mira dónde se mete,
ni lo pregunta jamás".

O soltaba algún gallo desafortunado con lo de:

– "Allí hay un lance, le dicen;
y él dice: Allá va Don Juan". [27]

Y le daba la risa al respetable, al fin y al cabo daba igual, porque yo era el actor secundario, el "gracioso", y formaba parte de mi papel el sufrir penalidades en la vida, y en el escenario, para escarnio mío y disfrute ajeno.

[26] 1ª Parte, Acto I, v. 506-511.
[27] 1ª Parte, Acto IV, v. 51-57.

Comprenderá usted, hermana, mi decisión de subirme en el cartel, para ser yo ahora, aunque sea por una sola vez, el actor principal.

(*Terminada su caracterización, va* SATURNINO *hacia el perchero y se dispone a seguir vistiéndose con las prendas de* DON JUAN TENORIO.)

CUADRO SEXTO

SATURNINO DUDA, SEGÚN VA LLEGANDO EL GRAN MOMENTO, DE SUS CONDICIONES PARA HACER EL PAPEL.

Se estará impacientando usted, hermana, con tantos dimes y diretes, y tendrá otras ocupaciones que atender y enfermos que cuidar. Así que me pongo el calzón y el resto del vestuario en un instante, y comienza la función, que ya va siendo hora. Este gregüesco era de don Rodolfo Atienza, Tenorio de Badajoz, con el que compartí cartel durante cuatro años.

No se asustará por ver las carnes a un hombre, usted que cuida enfermos cada día, pero si cierra los ojos un momento, mientras me pongo los calzones y las partes bajas, mejor para su espíritu, y para mi comodidad. Que no mire, vamos, mientras me quedo en prendas menores. Ya sé que ustedes ven las cosas de este mundo de forma diferente a nosotros, por eso ya parece que medio están en el cielo. Aunque no todas las monjas son como usted, hermana. Fíjese si no en la Madre Superiora, cómo es, qué genio. Se parece a la de la obra, que también tiene lo suyo. Siempre le daban ese papel a la actriz de peor humor de la compañía. Hubo una que tenía tan mal carácter que cuando el Comendador descubre que Don Juan se ha llevado a su hija del convento, y la Madre Superiora le dice, al ver que se va corriendo, aquello de:

– "¿Dónde vais, Comendador?"

Y él contesta, muy enfadado:

– "¡Imbécil!, tras de mi honor". [28]

La actriz, luego, entre cajas, al terminar, le decía enfadadísima: "Que no me llames imbécil". Y el otro se quedaba de piedra, antes de tocarle la escena de la estatua. Hasta que un día ella, harta de oírse insultar, salió al escenario y le dijo:

– "¿Dónde vais, Comendador
imbécil?"

Él, después de quedarse mudo, pensando cómo salir del apuro, no tuvo más remedio que contestar terminando el resto del verso:

– "... tras de mi honor".

Desde entonces muchas madres superioras han hecho así ya el papel, y el Comendador no ha tenido más remedio que aguantarse con un "imbécil" encima que no le puso el autor. [29]

Mal papel también éste de Don Gonzalo, el Comendador: le matan, le roban la hija, le ponen un traje de piedra que no hay quien se mueva con él, y le llaman "imbécil" sin venir a cuento...

(*Se coloca* SATURNINO *detrás de la cama, para estar fuera de la vista de* SOR INÉS, *y se acaba de poner los calzones y el resto de las ropas, menos las botas y la parlota, que guarda para posterior ocasión.*)

Mientras usted le da a la oración en silencio y recogimiento, que falta me va a hacer, yo me acabo de poner el gregüesco de Don Juan Tenorio en un momento.

[28] Es la última escena del Acto III de la 1ª Parte (v. 473-475).

[29] Ha tomado esta anécdota, el autor, de la *Historia de Don Juan Tenorio*, que la tomó de Narciso Alonso Cortés.

¡Ah! Y la capa. Y la espada, que a fin de cuentas voy a necesitarla para varias escenas de duelos, y me he ejercitado en esgrima en mis ratos libres dándole a los sacos de pienso de los mesones, como aquel Caballero de la Triste Figura le dio en otros tiempos a los odres de vino.

No sé si le parecerá mal a mi futuro público que actúe con ropas que han sido robadas. Pero ellos, como ángeles que son, si es verdad que lo ven todo, sabrán que pocos acuden a su lado con ropas propias, pues de una forma u otra, ¿qué es la vida, sino quitarse los unos a los otros lo que se puede? Que Dios me perdone, pero si no a ver de qué iba a tener yo este terciopelo acuchillado.

Me he puesto mal la esclavilla...[30] Es que estoy que no me llega la camisa al cuerpo, hermana, que aunque me sé el papel de carrerilla, de oírselo a otros, no lo he representado nunca. No sé qué me da más miedo, la verdad, si morirme, o ser, al fin, Don Juan Tenorio, y ante semejante público.

Vestir prendas de señor cuando uno ha estado toda la vida de secundario, cuesta lo suyo. Una vida entera esperando este momento, y temiéndole, porque a lo mejor no tengo condiciones para el papel. A lo peor, quiero decir. ¡Mira que si me silban los ángeles! ¡Qué apuro Dios mío...! Bueno, pues la ropa ya está. ¡Allá voy, hermana!

(*Sale, el viejo cómico, con gesto airado de Tenorio, de detrás de la cama con la espada en una mano y la capa en la otra.*)

– "Búsquenle los reñidores;
cérquenle los jugadores;
quien se precie que le ataje,
a ver si hay quien le aventaje
en juego, en lid o en amores".
"Aquí está Don Juan Tenorio
para quien quiera algo de él".[31]

[30] Igual que *esclavina*.

[31] Alonso de Santos altera algo el orden de los versos, dentro de la misma escena, la del desafío: los cinco primeros son los 491-496 y corresponden al cartel que fijó en Nápoles; los dos últimos, al cartel de Roma, dicho antes (v. 459-460).

(*Fija* SATURNINO *su mirada febril en el infinito, y después de meditar un instante en silencio, se dirige a* SOR INÉS, *con una idea en su mente histriónica y alucinada.*)

CUADRO SÉPTIMO

EN QUE SATURNINO SE INVENTA UN ESCENARIO Y UN PÚBLICO, EN SU REPRESENTACIÓN POSTRERA.

Ya estamos todos: Don Juan, Doña Inés...¡Y el público!

Estaba pensando yo, Sor Inés, que para hacernos mejor a la idea de que estamos a punto de comenzar una representación de teatro, podemos inventar que, lo mismo que en los teatros se hace que lo que pasa en el escenario parezca que pasa de verdad en la vida, aquí, al revés, nos imaginamos que en vez de estar en la vida, estamos en un escenario. Y que ahí, hermana, en vez de haber una pared, están las butacas con el público. Mucho público, porque yo siempre he tenido mucho público, aunque me esté mal el decirlo, así que lo lógico es que también esta vez tenga un lleno. Cierre los ojos de la realidad, hermana, y abra los de la fantasía. ¡Mire! ¿Lo ve?

¡Es un teatro! ¡Un teatro grande, con butacas, cortinas, palcos, y luces en lo alto...! Y detrás está Rufino, nuestro regidor, que está dando la luz, y el sonido... levantando el telón, poniendo los decorados y abriendo la trampilla, cuando se acuerda. ¡El bueno de Rufino!

(*Avanza* SATURNINO *hacia su proscenio imaginario –y real por otro lado– y se dirige al público de su mente –que coincide, claro está, con el del patio de butacas de la representación–.*)

¡Un teatro! ¡Un hermoso teatro!

Gracias a esta brillante idea del señor autor de la comedia, en lugar de estar aquí solo... bueno solo, con Sor

Inés que es una santa pero, la verdad, no es muy habladora, como han podido apreciar ustedes. Tiene voto de silencio y no dice esta boca es mía, así que no da demasiados ánimos en este trance. Yo hablando y hablando, y ella ahí, muda...

Pero gracias a esa licencia del autor, como les decía, en lugar de estar aquí, con Sor Inés, malmuriendo en esta cama de hospital de pobres, estaré, si me lo permiten, junto a ustedes, dando vida a este viejo y noble arte del teatro. Y cuando baje el telón, me quitaré el maquillaje y el vestuario y, en vez de irme a la tumba fría, me iré a mi casa a comer patatas con arroz y a beber vino tinto con mis amigos, a esperar la representación de mañana... Se levanta el telón, mañana aquí, a la misma hora, y yo, en esa cama. Suenan los truenos y digo:

– "¿Me he muerto ya?"

Burlando así a la muerte al morirme cada día, de Don Juan Tenorio, y no una sola y definitiva vez, de Saturnino Morales.

(*Deja* SATURNINO *al público y se acerca a* SOR INÉS, *sorprendiéndose al ver lágrimas en su cara de personaje mudo e inmóvil.*)

¡Está llorando! Cree que la he abandonado para irme con el público... y que la he convertido en monja de teatro...

Disculpe, hermana, por esto que les acabo de decir... Pero Sor Inés, si no están ahí... No hay nadie. Nosotros somos los que existimos. Usted y yo sabemos nuestro secreto. Ellos no son más que un sueño: nosotros los inventamos... Nos los imaginamos ahí, sentados en la oscuridad, brillando sus ojos como el resplandor de las estrellas del cielo en mitad de la noche. ¡El público! Ese ser compuesto de cientos de cabezas y de ojos, que se mueven a la vez, enlazados por un hilo mágico, hacia el lugar del escenario donde el actor coloca el imán de la curiosidad de la existencia. Teatro, actor, público... ¿Qué hacemos todos al fin y al cabo en la vida sino una representación para que nos aplauda ese ser desconocido que nos mira desde la oscuridad? Hasta que algún día nos llegue el momento del mutis final, como le llega hoy a Saturnino... y nos caiga el telón. ¡El público! Con el latido de sus corazones, sus risas, sus respiraciones, sus aplausos... Sobre todo sus aplausos. ¿Los oye, hermana? Aplausos que llegan desde las filas de butacas, como olas en un mar acercándose a nuestra costa. ¿Los oye, hermana?... ¿Los oye...?

(*Y el aplauso del público imaginario –y real– llega hasta* SATURNINO *y* SOR INÉS *cerrando este cuadro, donde se mezclan las dimensiones de la vida y del teatro.*)

CUADRO OCTAVO

DONDE SE HABLA DE LOS PROBLEMAS DE DON JUAN TENORIO CON SU PADRE, Y DE LOS DE ZORRILLA CON EL SUYO.

¡Aplauden! ¡Están vivos! Han venido al teatro a disfrutar, y a ver cómo otros viven su vida, para aprender ellos a vivir la suya. Los hemos inventado vivos, hermana. Llevaban un rato ahí, enmascarados en su papel de público, escuchando y mirando desde la oscuridad. Como escuchaban y miraban, de público, tras su máscara, en la Hostería del Laurel, Don Gonzalo a un lado y el padre de Don Juan en el otro.

(*Coge* SATURNINO *una máscara carnavalesca de su mesa, y la usa para representar a los personajes enmascarados de los que habla.*)

Esta escena de las máscaras me he olvidado de contársela antes, Sor Inés, y es muy importante para poder entender el personaje del Tenorio, porque es cuando el padre de Don Juan, Don Diego Tenorio, al ver la forma de vida de su hijo, Don Juan Tenorio, le repudia. Y ya queda repudiado en el primer acto. Es en la apuesta en la Hostería:

– "... los muertos en desafío,
y las mujeres burladas.
Contad".
– "Contad".
– "Veinte y tres"...

Y luego:

– “Son los muertos. A ver vos.
¡Por la cruz de San Andrés!
Aquí sumo treinta y dos”.
– “Son los muertos”.
– “Matar es”.
– “Nueve os llevo”.
– “Me vencéis.
Pasemos a las conquistas”.
– “Sumo aquí cincuenta y seis”.
– “Y yo sumo en vuestras listas
setenta y dos”.
– “Pues perdéis”. [32]

Los curiosos apostando en un rincón. Unos por Don Juan, otros por Don Luis. Es cuando Don Juan y Don Luis dicen aquello de:

– “¿Tenéis algo que tachar?”
– “Sólo una os falta en justicia”.
– “¿Me la podéis señalar?”
– “Sí, por cierto: una novicia
que esté para profesar”. [33]

El padre de la novicia, Don Gonzalo, que está escuchando la conversación, se levanta de la mesa y grita:

– “¡Insensatos! ¡Vive Dios
que a no temblarme las manos
a palos, como a villanos,
os diera muerte a los dos!” [34]

Don Juan dice entonces: “¡Ja, ja, ja!” Y por si no queda claro, añade:

[32] Parte 1ª, Acto I, escena 12, v. 646-655.
[33] Un poco más abajo: v. 666-671.
[34] Un poco más abajo: v. 704-708.

– "Me hacéis reír, Don Gonzalo". [35]

El padre de Don Juan, que es amigo del Comendador, al ver lo que su hijo Don Juan le hace, le repudia. Y Don Juan a partir de aquí se queda sin familia, aunque él ya se sentía fuera de ella, por diferencias que tenían. Se lo dice a su padre cuando se enfada con él:

– "Conque no paséis afán
en adelante por mí,
que como vivió hasta aquí,
vivirá siempre Don Juan".

Y a los demás que allí quedan, cuando Don Diego Tenorio se marcha enojado:

– "¡Eh! Ya salimos del paso:
no hay que extrañar la homilía;
son pláticas de familia,
de las que nunca hice caso". [36]

La cosa viene de antes, cuando nada más verle su padre le dice, al descubrir cómo es su hijo por las cosas que está contando:

– "... no te conozco, Don Juan". [37]

Don Juan, al ver que un señor con antifaz, a quien él no conoce, dice que no le conoce a él, le contesta:

– "¿... ni qué se me importa a mí
que me conozcas o no?" [38]

[35] Misma escena, v. 740.
[36] Más abajo: v. 796-804.
[37] Antes: v. 767.
[38] V. 770-772.

Don Diego, a punto de marcharse, le amenaza lleno de indignación, y el hijo se enfrenta a él poniéndose delante:

– "Adiós, pues: mas no te olvides
de que hay un Dios justiciero".

– "Ten".

Que no quiere decir toma, sino detente. Que se pare. Y el otro allí, agotado porque es un hombre mayor...

– "¿Qué quieres?"

– "Verte quiero".

– "Nunca, en vano me lo pides".

– "¿Nunca?"

– "No".

– "Cuando me cuadre".

– "¿Cómo?"

– "Así".

Don Juan le arranca el antifaz de la cara de un golpe, delante de todo el mundo.

– "...¡Villano!
¡Me has puesto en la faz la mano!"

Grita el padre. Don Juan, al reconocerle, retrocede unos pasos:

– "¡Válgame Cristo, mi padre!"

Y ahora es cuando el padre le dice:

– "Mientes, no lo fui jamás.

– "¡Reportaos, con Belcebú!"

– "No, los hijos como tú
son hijos de Satanás". [39]

Con lo que le repudia, y se queda repudiado para toda la vida. Y como madres no salen en la obra, sólo las de los conventos... pero claro, hermana, no es lo mismo, y el padre le ha repudiado, pues ya fatal. En cuanto a suegros, peor. Iba a serlo Don Gonzalo, el padre de Doña Inés, pero después de esto lo rechazó como yerno. Y, luego, ya vino toda la historia que le he contado: el rapto de la hija, y el pistoletazo con que Don Juan manda al padre de la chica al otro mundo, del que vuelve, después, convertido en estatua de piedra.

Parece ser que esto de los problemas de Don Juan con su padre lo puso el autor, Zorrilla, por lo mal que se llevaba él con el suyo, que no se hablaban. Y le puso al personaje, lo de repudiarle, seguramente, como una indirecta, para cuando viera la obra su padre.

Hombre rígido y conservador, no le gustaba por lo visto que su hijo fuera liberal y romántico, ni mucho menos que se dedicara a las letras. "Tú tienes trazas de ser un tonto toda la vida"... le escribió al ver que en sus años mozos el poeta se dedicaba a la bohemia, frecuentaba cementerios en vez de estudiar, y se dejaba el pelo largo, que era lo que peor le sentaba. "Mis versos están malditos por mi padre", dijo Zorrilla con amargura porque, aunque le rendían homenajes y le aplaudían por sus escritos, su padre no le hablaba. Repudiado tam-

[39] V. 772-784.

bién, éste, no por hacer todas las cosas que hizo el Tenorio. No, no. Éste sólo por escribirlas.

Total, un infeliz Zorrilla, y otro Don Juan, al dejarle el autor sin familia. Él se hace el fanfarrón, pero en el fondo Don Juan Tenorio es una buena persona. [40] Y lo que de verdad quiere es casarse con Doña Inés y fundar una familia cristiana... [41] Pero, claro, en el primer acto, Zorrilla le deja sin padre, ni madre, ni suegros, ni hijos... ¡Qué va a hacer el pobre! Una persona sin familia: es una hoja que se lleva el viento. Mal empieza, mal vive y mal acaba.

(*Deja la máscara sobre la mesa y se sienta en el banquillo, meditando ahora sobre temas familiares propios con melancolía.*)

[40] Es el título de la obra de los Quintero: a partir de ella realizó su interpretación del mito Pérez de Ayala, en *Las máscaras*.

[41] Ésta es, más o menos, la visión que tiene Marañón en su conocido ensayo sobre *Don Juan*.

CUADRO NOVENO

EN QUE EL VIEJO CÓMICO CUENTA EN POCAS PALABRAS LA HISTORIA TODA DE SU VIDA.

Ése ha sido también mi problema: la familia. Si no, ¿de qué iba a estar yo ahora malmuriendo entre monjas en este lugar apartado de la mano de Dios? ¡La familia! En eso como Don Juan. Y como Zorrilla. Aunque a mí no me repudiaron. Mi padre no tenía para repudiarme. Eso no, pero para el caso...

(SATURNINO *empieza a maquillarse ante el espejo de su mesa, mientras hace un recorrido por su vida familiar.*)

Mis padres murieron, cuando yo era joven, cansados de masticar sin dientes, pues de donde soy yo las aguas son duras y la comida más, y se estropean las dentaduras aunque la pobreza no les dé mucho desgaste. Y como los dentistas no son para los pobres, se les iban cayendo los dientes como van cayendo los años: uno tras otro. Así que, después de pasar muchas calamidades en la vida, se fueron a la sepultura con la lengua en la boca como única ocupante.

Y eso que nosotros éramos los "pudientes" del pueblo. De apellido, claro. Saturnino Morales Pudiente. Teníamos una posada, allá en mi tierra, un pueblo de Castilla la pobre, donde nací, por tierras de Segovia. Bueno, pues allí tenían mis padres una posada y allí iban a caer los que iban de paso, por el lugar. Así conocí por primera vez en mi vida a unos cómicos, y es como me entró la afición esta del teatro que me duró la vida entera: por unos baúles. Salieron ellos, por lo que fuera, de sus aposentos, y entré yo, me llegué hasta sus baúles, que estaban abiertos, y descubrí un mundo de maravillas: sombreros, vestidos llenos de encajes y volantes, cintos y espadas, jubones y botines, hábitos de santo y ropajes de soldado, coronas de rey y mantos de Virgen. Otra vida.

Soñé llevar puestas aquellas ropas algún día. Así que, como lo de la posada fue de mal en peor y a mí las faenas del campo no me iban, en cuanto murieron mis padres y me hice mozo, busqué acomodo en una compañía de cómicos, donde aquel sueño de niño de verme de rey y de señor se hiciese realidad.

Hermanos no tuve, pues un par de ellos que intentaron hacerme compañía no pasaron de los primeros años por unas fiebres. Y mujer, ya de hombre, y me duró poco también, la pobre, pues se ve que el destino estaba empeñado en hacerme viajar en solitario por este mundo. Era buena persona, aunque de pocas luces y le cogí cariño en el poco tiempo que viví con ella. Se murió de aburrimiento, ya que por aquel entonces no había nada con qué divertirse en los pueblos, y yo andaba de gira permanente de lugar en lugar.

Los cómicos, ya se sabe. Hoy aquí, mañana allí, y malamente pasas por casa dos o tres veces al año a por mudas. Además, el pueblo de donde ella era, y donde nos quedamos a vivir cuando nos casamos, estaba muy mal comunicado, y eso hacía que, entre ir y volver, se me acabasen los permisos que me daban en la compañía. Y, por aquel entonces, había lobos en los montes del pueblo, que ésa era otra. En invierno bajaban hasta los caminos cercanos, me acuerdo muy bien, pues era pueblo de sierra. Y como el último tramo del viaje había que hacerlo andando, te jugabas el pellejo. Al pisar las nieves de los caminos oías sus aullidos y veías sus ojillos brillantes en la oscuridad de la noche. Por eso, la verdad, iba poco. Más de una vez tuve que salir por piernas, palo va, palo viene. Iba poco, pero hoy que lo pienso me parece que ahora iría menos, una vez que me salió el sentido común de la edad adulta.

Eso era amor, me digo yo, y no lo de Don Juan Tenorio, escalando claustros, entrando en palacios y bajando a cuevas, tan tranquilamente. Ahí lo quería haber visto yo, atravesando montes con lobos, y se le habrían quitado las ganas de aventuras mujeriles en un santiamén.

– "Desde una princesa real
a la hija de un pescador,
¡oh!, ha recorrido mi amor
toda la escala social". [42]

Sí, pero de montes con lobos no dice nada.

Hijos no tuvimos. Para mí que debió ser del poco trato. Yo creo que se murió de soledad, que es la peor enfermedad del mundo. En parte yo fui el culpable, con mis ausencias. Yo, y los lobos.

Al entierro sí fui, y le pagué la tumba. Murió en primavera. Se puso el cementerio lleno, acudió el pueblo entero. Y allí, junto a la losa, en mitad de aquel escenario, con los últimos rayos de sol de la tarde y un silencio absoluto, le recité aquellos versos de la escena III, parte segunda de la obra:

– "... si buena vida os quité,
buena sepultura os di". [43]

Y lloré. Y los del pueblo aplaudieron.

(SATURNINO *recita, con los ojos húmedos por el dolor del recuerdo, unos versos del* TENORIO *que vienen a cuento.*)

– "¡Ah! Mal la muerte podría
deshacer con torpe mano

[42] Parte 1ª, Acto I, v. 662-666.
[43] V. 263.

el semblante soberano
que un ángel envidiaría.
¡Cuán bella y cuán parecida
su efigie en el mármol es!
¡Quién pudiera, Doña Inés,
volver a darte la vida!" [44]

(*Hinca el viejo cómico su rodilla en tierra, en gesto teatral, evocando el recuerdo de aquellos trágicos y antiguos momentos.*)

[44] Lo dice Don Juan al ver la estatua de Dª Inés, al comienzo de la 2ª Parte (v. 217-225).

CUADRO DÉCIMO

AQUÍ SE TRATA DE LOS AMORES DE CIUTTI EN LA OBRA, Y DE SATURNINO EN LA VIDA.

¡Recuerdos de amor que llevo pegados al forrillo del alma! Momentos dichosos a pesar de todo, si bien se miran, que compensaban este duro oficio del vivir, que tiene lo suyo. Por eso dicen que amor es la gran medicina de la vida, y que quien no la posee, aunque todas las riquezas del mundo tenga, nada tiene.

(*Se ajusta* SATURNINO *cintas y corchetes de la trusa y la taleguilla, al lado de* SOR INÉS.)

Como aquella vez que me dio el amor por una moza en las fiestas de Navidad en Olmedo, cerca de Medina, de donde era el Caballero. *El Caballero de Olmedo*, quiero decir, de Lope, que también la hemos llevado un tiempo en repertorio. Trabajaba esta chica en la pensión donde nos hospedamos cuando fuimos a representar. Hacíamos por la mañana un belén viviente, yo iba de rey Baltasar, el negro, por cierto. Y por la tarde *El Tenorio*, como siempre.

Llegó ella tarde al teatro, con la representación comenzada, y se sentó en la primera fila, mientras yo decía lo más galanamente que podía aquello de Ciutti:

– "Ésta es la llave
de la puerta del jardín,
que habrá que escalar al fin,
pues como usarced ya sabe,

las tapias de ese convento
no tienen entrada alguna". [45]

Yo la vi y le sonreí. Ella me miró y se rió. Yo la volví a mirar, y ella a mí. Y nos enamoramos.

Me la llevé en la compañía un tiempo, y prometía de cómica. Por sus pocos años tenía las carnes prietas, y, por el lugar de origen, una cierta arrogancia en la cara que viene muy bien para el teatro. Llegó hasta a hacer de Doña Inés una temporada, pues a la que lo hacía le salió un contrato en la capital para hacer Azofaifa, la mora de *La Venganza de Don Mendo*, y nos dejó tirados. Así que aquella pasó de novicia a mora en un santiamén, y ésta de moza de mesón a monja de convento, que el hábito sí hace al monje, digan lo que digan.

Fue la única Doña Inés que tuvimos enamorada de Ciutti, en vez de estarlo de Don Juan. Y el caso es que no lo hacía mal, pues tenía dotes naturales para las tablas, pero duró poco haciendo el papel pues esa misma naturaleza que le había dado gracia y desenvoltura le había dado también una pequeña limitación natural, que para la vida casi no importaba, pero para el escenario, lugar donde virtudes y defectos humanos se ven con lupa, era decisivo: tenía frenillo.

Al recitar las octavillas italianas de la carta que le manda el Tenorio se le enganchaba un tanto la lengua entre los dientes, y decía a golpes aquello de:

– "Doña Inés del alma mía.
¡Virgen Santa, qué principio!"

Y le respondía la Brígida, tratando de salir del paso lo más deprisa posible ante la actitud irrespetuosa del público, al que le encanta mofarse de defectos ajenos:

– "Vendrá en verso, y será un ripio
que traerá la poesía.
Vamos, seguid adelante".

[45] La moza llegó ya al II Acto (v. 261-267).

Y ella seguía leyendo la carta, con el frenillo cada vez más pronunciado:

– "Luz de donde el sol la toma,
hermosísima paloma
privada de libertad,
si os dignáis por estas letras
pasar vuestros lindos ojos,
no los tornéis con enojos
sin concluir, acabad".

Y contestaba la Brígida, pálida al saber que era nombrar la soga en casa del ahorcado:

– "¡Qué humildad! ¡Y qué finura!" [46]

Y, claro, el personal se partía de risa.

La tuvieron que despedir. Se quedó un tiempo encargada de pelucas y *atrezo*, pero, al que ha probado las mieles de ser oído y valorado en más de lo que es, no se le puede, luego, volver a descender a su estado natural porque enferma de melancolía.

Al final me cogió a mí manía, al ver que yo podía decir las frases seguidas sin el menor esfuerzo, y se lió con un sargento chusquero de la guerra con el que nos cruzamos en un tren, en uno de nuestros viajes. Creo que terminó de monja de verdad, como usted, según me contaron años después que volví a pasar por Olmedo, de donde *El Caballero de Olmedo*. ¡Qué buenos papeles tiene esa obra, hermana! Sobre todo el de Tello, el criado. Y el del Caballero, que tampoco está mal.

De amor creo que sólo he tenido esa historia en mi vida. Bueno, y la de mi pobre mujer que en paz descanse. Lo demás han sido enredos para pasar el rato y dar gusto al cuerpo, que siempre cae algo si uno está alerta y de caza. Y más si se está cerca de Don Juan Tenorio.

[46] Parte 1ª, Acto III, v. 211-224.

(*Se sienta* SATURNINO *en el taburete, al lado de la mesa, y se acerca al espejo que hay en ella para terminar su caracterización de* TENORIO, *mirando hacia adentro de sí mismo en busca de su pasado.*)

CUADRO DECIMOPRIMERO

DONDE SE HABLA DE LA CÉLEBRE ESCENA DE LA APARTADA ORILLA, ENTRE VACAS Y MONTONES DE PAJA.

Recuerdo una noche en que Don Rodolfo Atienza, un tenorio estirado, guaperas, con el mentón prominente, de Badajoz, quedó por un malentendido con dos mozas del lugar para encamarse. El que hacía de Don Juan ya sabía que entre las obligaciones del papel estaba el dejar bien alto el estandarte del personaje que representaba por las tierras que recorríamos. Como no podía cumplir con las dos me pidió a mí que lo sustituyera con una de ellas... ¡Él se quedó con la que estaba de mejor ver, claro! Y allá que fui yo, caminando alegre a través de los campos, a las afueras del pueblo, una noche de verano... ¡a casa de la más fea!

(*Se levanta* SATURNINO *del taburete y recorre el camino escénico, reviviendo con pelos y señales el recuerdo que narra.*)

Llego, llamo, y ella, que esperaba al Tenorio, contesta muy fina:

– "Sí... ¿Quién va?... ¿Hay alguien?"

Y digo yo, desde fuera, con voz grave y poderosa, que ya me conozco ese negocio:

– "¡Quien va, quiere el paso franco!" [47]

[47] Parte 1ª, Acto II, v. 336.

El efecto fue inmediato. Me abrió la puerta de golpe. Pero al verme va y me dice:

– "Yo espero a Don Juan, no al bobo".

¡Y me dio un portazo! No dijo a Ciutti, ni a la figura del donaire, ni al gracioso... No, no. Dijo: ¡al bobo! Y que con el bobo, nones.

Yo, que había estimulado el cuerpo con mi imaginación por el camino, no estaba dispuesto a rendirme a las primeras de cambio, así que cogí una horca que había allí cerca y, desde lo alto de una montaña de paja, a la luz de la luna, entre los mugidos de las vacas que venían del pesebre cercano, le dije a gritos aquellos versos que tan buen resultado le dan al Tenorio en la obra:

– "¡Ah! ¿No es cierto, ángel de amor,
que en esta apartada orilla
más pura la luna brilla
y se respira mejor?" [48]

Las vacas a lo suyo:

– "¡Muuuu!"

Y yo, a lo mío:

– "Esta aura que vaga, llena
de los sencillos olores
de las campesinas flores"...

Ella, al oírse llamar flor campesina, me abrió una rendijita la puerta. Di un salto, acercándome, y seguí verso va, verso viene, tratando de conquistar aquel castillo:

[48] Parte 1ª, Acto IV, v. 261-265. Y los versos siguientes, a lo largo del capítulo.

– "... esa agua limpia y serena
que atraviesa sin temor
la barca del pescador
que espera cantando el día,
¿no es cierto, paloma mía,
que están respirando amor?"

Y al ritmo de las décimas de la escena del sofá, me iba abriendo la puerta poco a poco...

– "Esa armonía que el viento...
... ese dulcísimo acento"...

Asomaba ya la cabecita. Y aquellos ojillos pequeños, me miraban extasiados por el efecto poético, entre los mugidos de las vacas.

– "Don Juan lo hacemos un día el uno y otro día el otro".

Le dije yo. Y seguí con los versos, viendo el cambio favorable que iba tomando la situación.

– "... mira aquí a tus plantas, pues
todo el altivo rigor
de este corazón traidor"...

¡Era fea, hermana, la condenada! ¡Qué fea era!

– "... que rendirse no creía,
adorando vida mía"...

¡Era hermosamente fea!

– "... la esclavitud de tu amor".

Cuando me abrió del todo las puertas, y su corazón, se presentó de pronto Don Rodolfo Atienza, el de Badajoz, que había acabado la faena con la primera y quería doblete, el egoísta. Así es que salí de allí como Don Luis Mejía, compuesto y sin novia. Y es que éxito con las mujeres, lo que se dice éxito, los tenorios. Por eso había que cambiarlos pronto, porque morían jóvenes de agotamiento.

Tanto roce, lógicamente, daba sus frutos, y aunque Don Juan en la obra no tiene hijos, no se sabe si porque Zorrilla se olvidó del asunto, o como dice el refrán español: "dime de lo que presumes y te diré de lo que careces", el caso es que fuera de la obra, sí que los tuvo. Extendidos por toda la geografía nacional.

Se daba el caso que, al llegar con la compañía a algún lugar, cuando salía la chiquillería a recibirnos, siempre había alguno que decía: "papá, papá", al que por su cara y trazas veían que podía ser el Tenorio. A ese: "papá". Fuera el padre de la criatura, o lo fuera el Don Juan contratado anteriormente, o incluso el de otra compañía: "papá". A esos niños nosotros los llamábamos Juanillos, o sea, hijos de Don Juan Tenorio.

Tuvimos problemas en varios lugares con los Juanillos. Con las madres y los abuelos, claro, con ellos no. Ellos encantados:

– "Papá, papá, quiero ser cómico, llévame contigo"...

¡Qué lástima! Con el hambre que había por aquellos pueblos y ellos queriendo ser cómicos. ¡Inocentes!

A veces no había más remedio que aliviar las cargas. Pagábamos y quedábamos tan amigos, que "con oro nada hay que falle", [49] como dice mi señor Don Juan en un pasaje de la obra.

(*Se ajusta* SATURNINO *la peluca y el jubón, y da por terminada su caracterización, y sus recuerdos amorosos. Se dirige entonces hacia el proscenio para hablar con el público.*)

[49] Parte 1ª, Acto II, v. 594.

CUADRO DECIMOSEGUNDO

Entremés, o entresemana, según se le quiera llamar, en que el actor se solaza con el público.

Me tienen que perdonar pero ya que les hemos inventado a ustedes de público y están ahí sentados, mirándome desde sus butacas, voy a parar la representación y así podremos hablar un rato entre nosotros. Como si fuera un descanso de los que se hacen en el teatro.

A mí me gusta detener de vez en cuando la obra que estoy representando y hablar con el público. No puedo contar las historias seguidas. Antiguamente, cuando veían que el público se aburría y se ponía a pensar en sus cosas, paraban la obra y colocaban un entremés. Pues esto que hago yo ahora de parar la historia de los últimos momentos de la vida de Saturnino Morales es como un entremés también. O como una entresemana, si ustedes quieren, por llamarle de otra manera menos formal. Porque el teatro seguido, qué quieren que les diga... Cansa.

Y, en el fondo, sigue siendo teatro. Porque haciendo esto o haciendo lo otro, sigo siendo actor, y ustedes siguen siendo público, que espera de mí que tape el drama de la vida con la diversión del escenario.

¡El escenario! Este lugar mágico donde en unos metros de espacio cabe el mundo entero. Y no sólo el mundo que vemos o sentimos, sino mucho más: caben los dioses y los diablos, los cielos y los infiernos. Caben fantasmas, espectros y seres imaginarios. Cabe la verdad y la mentira, la justicia y la injusticia, nuestros sueños y nuestras esperanzas. Aquí cabe todo, señoras y señores, porque el escenario es el inmenso reino de nuestra imaginación.

Por eso el teatro sigue vivo a pesar de tantos avatares que ha sufrido, desde que, hace muchos siglos, al hombre le dio por intentar dominar el misterio de la vida por medio del arte de la representación.

Así que ya que estamos aquí, ustedes en su papel de público, y yo en el de actor que hace de Saturnino Morales, me gustaría contarles algunos sucesos que me han ocurrido a mí, haciendo también esta obra de Don Juan Tenorio por esos escenarios del mundo.

(*El actor baja al patio de butacas para contar anécdotas de su vida de comediante, aprovechando la confusión de realidades creada por el autor.*)

Me acuerdo una vez, cuando empezaba en esto del teatro en una compañía de aficionados... que fuimos a un lugar de Galicia. Al llegar al descanso de la obra, entró donde nos cambiábamos de ropa el organizador y nos dijo que no nos vistiéramos para la segunda parte hasta que no supiéramos si había segunda parte, pues allí tenían la costumbre de pagar a los cómicos con lo que sacaban de rifar un jamón entre el público, en el intermedio. Y que si no se vendían las papeletas, no había segunda parte. Y, lo peor de todo: las papeletas teníamos que venderlas nosotros, encima.

Al principio nos negamos, como por lo visto hacían todas las compañías que por allí pasaban, ya que la dignidad del artista le impide hacer esas servidumbres. Pero al rato cedimos, como nos dijeron después cedían todos, dada la necesidad y la situación en que estábamos.

El problema fue que no se vendieron las papeletas. Don Juan y Doña Inés vendieron algunas, pero los demás, nada. Vuelta a reunirnos con los dueños del teatro, peleas, discusiones, el público fuera gritando que siguiera la obra, gritando pero sin comprar las papeletas, hasta que al final llegamos a un acuerdo: hacer la segunda parte, aunque fuera más deprisa y acortada, para evitar males mayores, y quedarnos a cambio con el jamón, que era por lo visto lo que al final siempre acababan haciendo todos los que allí actuaban. Es decir, se actuaba por un jamón, aunque ellos te prometieran el oro y el moro al contratarte.

Ni qué decir tiene que cenamos jamón aquella noche. La cosa acabó a las tantas, entre bromas, en un merendero de las afueras. Nos comimos el jamón con el organizador de la representación, que se apuntó también. Y nos dijo que aunque éramos aficionados... comíamos como profesionales.

En otra ocasión, haciendo también esta obra del Tenorio, el escenario sólo tenía una puerta de salida y daba directamente a un patio de gallinas. En un pueblo de Badajoz era. Así que tuvimos que poner nuestras cosas al aire libre y cambiarnos a la luz de la luna, a la espera de que nos tocara entrar por la puerta a decir nuestro papel. Ya nos había pasado otras veces lo de vestirnos en patio o corral. Pero lo que no nos había pasado nunca, y nos pasó allí, es que nevaba. Nos nevaba encima, y no había lugar donde resguardarnos fuera. Sólo quedaba la esperanza de que nos tocara pronto entrar a escena a calentarnos, sobre todo los que llevábamos un vestuario más ligero. Lo malo es que los que estaban en el escenario alargaban lo que podían su parte, ante la fría promesa que les esperaba detrás de la puerta de salida. Pasamos un frío que más de uno salió tiritando a actuar sin ser de su papel. Había que ver a Don Juan Tenorio salir con el pelo lleno de nieve a recitar aquello de:

– "¡Hermosa noche...! ¡Ay de mí!
¡Cuántas como ésta tan puras,
en infames aventuras
desatinado perdí!" [50]

¡Nevando!

[50] Parte 2ª, Acto I, v. 269-273.

Problemas con la censura tuvimos también los nuestros. En un sitio que actuamos nos contrató el cura párroco, y nos dijo que cortáramos todo lo relativo al rapto de la novicia, que eso no estaba bien. ¡El Tenorio sin el secuestro de la novicia! No se entendería nada... Y por si fuera poco llegó un sargento de la Guardia Civil a colocarse entre cajas:

– "Por si acaso, que a veces me han dicho que iban a hacer una obra decente, y luego han soltado al público lo que les ha dado la gana".

Y añadió, tocándose el bigote:

– "Como alguien se sobrepase le meto dos tiros ahí mismo".

Imagínense lo que es estar haciendo una obra con alguien con una mano en la pistola a dos metros de ti... Siempre que pasaba algo así, el que hacía de Don Luis, que era muy asustadizo, cambiaba los versos del primer acto, y en vez de decir aquello :

– "Compré a fuerza de dinero
¡la libertad! y el papel;
y topando en un sendero
al fraile, le envié certero...
una bala envuelta en él". [51]

Él decía:

– "Compré a fuerza de dinero...
¡la lealtad! y el papel;
y topando en un sendero
a un fraile... le saludé".

Me acuerdo que ese mismo día tuvimos otro percance... Al final del primer acto de la obra, salen unos alguaciles que dicen:

[51] Parte 1ª, Acto I, v. 586-591.

– "¿Don Juan Tenorio?"

– "Yo soy"

– "Sed preso".

Y cogen preso a Don Juan. Para una escena tan corta no llevábamos contratados actores. Los cogíamos del mismo pueblo donde actuábamos:

– "¡Eh, vosotros! ¿Queréis actuar en el teatro?"
– "Yo hice de pastor, de pequeño, en Navidad, una vez".
– "Bueno, pues esta noche vais a hacer de alguacil".

Y al que veíamos con cara de más listo le decíamos la frase que tenía que decir:

– "¿Don Juan Tenorio?"

– "Yo soy"

– "Sed preso". [52]

Y decía él:

– "Don Juan Tenorio, yo soy, sed preso".

¡Todo seguido!

– "No. Tú no eres Don Juan Tenorio. Don Juan Tenorio está ahí puesto, y dice: Yo soy. Tú dices: ¿Don Juan Tenorio? y sed preso".

Ese día llegamos allí, les cogemos, y se quedan entre cajas para salir... muy nerviosos... Cuando estaba el Tenorio diciendo esa tirada de versos tan larga, cuando la apuesta:

[52] Parte 1ª, Acto I, v. 809-810.

– "... Las romanas, caprichosas,
las costumbres, licenciosas,
yo, gallardo y calavera:
¿quién a cuenta redujera
mis empresas amorosas?"... [53]

De repente salen los cuatro:

– "¿Don Juan Tenorio? ¡Sed preso!"

Dispuesto a llevárselo preso, acabara los versos o no. ¡Y faltaban diez minutos para que les tocara!

– "¡Todavía no!"

Les dice por lo bajo como puede Don Juan, lívido. Y el figurante con frase contestó muy serio, iniciando el mutis:

– "Golveré".

Y otras mil historias que les podría contar me han pasado en escena, como estoy seguro cada uno de los actores que interprete esta obra contará las suyas. Y pueda que hasta alguno vuelva a rifar jamones entre ustedes, si las circunstancias y su espíritu lo aconsejan.

(*Suena de nuevo la campana del convento de monjas que cuida del hospital, tocando a los rezos matinales. El actor abandona al público y regresa al escenario, dispuesto a cumplir con su deber y terminar la actuación.*)

[53] Parte 1ª, Acto I, v. 466-471.

CUADRO DECIMOTERCERO

ALGUNAS REFLEXIONES QUE HACE SATURNINO MORALES SOBRE EL TIEMPO, EL AMOR, Y LA MUERTE.

Esa campana que suena me recuerda, como si por mí tocara, que el día se acerca y el plazo se acaba. Disculpen pero tengo que volver al escenario y acabar de cumplir con mi obligación de vestirme de Don Juan Tenorio para morirme, antes de que Sor Inés empiece a ponerse nerviosa porque me salgo del papel y ella no puede decir nada, siendo de piedra. Pensándolo bien, lo que pasa, tal vez, es que la fiebre que tengo como Saturnino, me hace alucinar y pasarme a otros papeles que no son el mío. Y me invento y me imagino que estoy en otra época, y estoy haciendo una obra, y la paro, y me bajo a hablar con el público de mis cosas... Pero no es verdad. Lo estoy soñando. Yo soy Saturnino Morales, estoy en un hospital, y el público sólo está en mi imaginación. ¿A que sí, hermana?

(*Se dirige ahora a* SOR INÉS, *recuperando su papel, su espacio y su tiempo escénico, de enfermo de hospital.*)

Me da la impresión, Sor Inés, que, enredado en unas cosas y otras, se me está pasando el tiempo, pero es que llevaba tanto tiempo sin hablar con nadie que necesitaba desahogarme un poco, y más, pensando en lo que voy a estar sin hablar a partir de ahora.

Pero "el tiempo no malgastemos"... como nos dice Don Juan. "El tiempo", que en el teatro es muy distinto al de la vida. El tiempo en el escenario pasa volando.

Don Juan en esta obra, vive, grita, pelea, ama y muere en sólo dos horas. [54] El tiempo en que un perro se echa una siesta. También es que Don Juan es muy impaciente. Siempre va con prisas. A las ocho está en la Hostería, con la apuesta. Y ese mismo día, lo detienen, sale libre, ve a la Brígida y a la criada de Doña Ana, entra, sale, va y viene... Y luego le dice a Ciutti sus planes con las dos mujeres, Doña Inés y Doña Ana:

– "... a las nueve en el convento;
a las diez, en esta calle". [55]

¡Las cosas que puede hacer en una hora este hombre! Y hablando de los días que necesita para las mujeres:

– "Uno para enamorarlas,
otro para conseguirlas,
otro para abandonarlas,
dos para sustituirlas
y una hora para olvidarlas". [56]

Total, cinco días por mujer. Como en la relación que da en la apuesta con Don Luis Mejía, en el primer acto, dice que se ha beneficiado en un año a setenta y dos señoras, a cinco días por señora, quiere decir que no ha descansado el hombre ni los domingos.

¡Un rayo!

[54] "El primer acto comienza a las ocho; pasa todo: prenden a Don Juan y a Don Luis; cuentan cómo se ha arreglado para salir de la prisión; preparan Don Juan y Ciutti la traición contra Don Luis y concluye el acto diciendo Don Juan: 'A las nueve en el convento, –a las diez en esta calle'. Reloj en mano, y había uno en la embocadura del teatro en que se estrenó, son las nueve y tres cuartos; dando de barato que en el entreacto haya podido pasar lo que pasa. Estas horas de doscientos minutos son excesivamente propias del reloj de mi Don Juan" (Zorrilla: *Recuerdos...*, ed. cit., pág. 169).

[55] Son los versos finales del Acto II de la 2ª Parte.

[56] Parte 1ª, Acto I, v. 686-691.

Y matando le pasa lo mismo, no para. Vive siempre sus aventuras en escena como si supiera que va a morir joven y le queda poco para disfrutar de la vida. Sin embargo, para su alma se da más plazo. Da la impresión de que se ha leído la obra y sabe que al final se salva gracias a Doña Inés. De ahí su frase célebre:

– "Largo el plazo me ponéis". [57]

Sólo lo detiene el amor, el amor por Doña Inés, que, como es novicia, como usted, vive con el tiempo detenido. Por eso, cuando se enamora de Doña Inés, su tiempo se detiene también. Le detiene el amor...

– "... mira aquí a tus plantas, pues,
todo el altivo rigor
de este corazón traidor
que rendirse no creía,
adorando vida mía,
la esclavitud de tu amor". [58]

Es como mi tiempo y el suyo, hermana, lo distintos que son. El mío se acaba, y el suyo, no.

Aunque viéndoos ahí, tan quieta y callada, parecéis la visión de la estatua de piedra de Doña Inés, en la escena del cementerio, que asistís a la representación de vuestra propia obra. Ganas me dan de deciros lo que Don Juan dijo a la otra Sor Inés, viéndola de mármol hecha:

– "Mármol en quien Doña Inés
en cuerpo sin alma existe,
deja que el alma de un triste
llore un momento a tus pies". [59]

[57] Es la versión que hace Zorrilla del *leit-motiv* de Tirso: *Tan largo me lo fiáis.*

[58] Parte 1ª, Acto IV, v. 309-315.

[59] Parte 2ª, Acto I, v. 285-289.

En parte tenéis el candor y la dulzura que el papel requiere, y la humildad y pureza que dan esos hábitos. Lo habríais hecho muy bien de haberos dado por ese destino, en vez de por el que ahora tenéis. Al fin y al cabo, no estáis tan lejos una de la otra, y si yo puedo pasar de Ciutti a Don Juan, vos podéis pasar de Sor Inés a Doña Inés con más facilidad.

Así, quizás ahora, cuando me veáis haciendo de Don Juan, hasta os enamoréis de mí y rompáis de una vez el voto de silencio con aquellas célebres redondillas de la escena del sofá, que aquí tendrían que ser de la cama, pues no hay sofá:

– "¡Don Juan!, ¡Don Juan!, yo lo imploro
de tu hidalga compasión:
o arráncame el corazón,
o ámame, porque te adoro". [60]

Y cobréis vida, como hace la estatua de Doña Inés en escena, al final de la obra, y guiada de vuestro amor me llevéis de la mano a presencia del mismísimo Dios.

(*Coge* SATURNINO *la mano inerte de* SOR INÉS, *y se la besa con dulzura.*)

[60] Parte 1ª, Acto IV, v. 347-351.

CUADRO DECIMOCUARTO

DE LAS DIFERENTES FORMAS QUE HAY DE INTERPRETAR EL TENORIO, Y DEL MUY DIFÍCIL ARTE DEL COMEDIANTE.

A propósito de Dios, hermana, estoy a punto de emprender el viaje, y aún no tengo decidido en qué línea hacer el papel de Don Juan, que se puede hacer de muchas formas y maneras.

(*Se coloca* SATURNINO *en trance de actor, dispuesto a mostrar a* SOR INÉS *sus dotes interpretativas.*)

Majestuoso, altivo y gallardo:

– "Pues, señor, yo desde aquí,
buscando mayor espacio
para mis hazañas, di
sobre Italia, porque allí
tiene el placer un palacio".

O valiente, impetuoso y osado:

– "De la guerra y del amor
antigua y clásica tierra,
y en ella el emperador,
con ella y con Francia en guerra,
díjeme: ¿Dónde mejor?" [61]

Romántico, tierno y lírico:

[61] Parte 1ª, Acto I, v. 441-451.

– "¡Oh! Hermosa flor, cuyo cáliz
al rocío aún no se ha abierto,
a trasplantarte va al huerto
de sus amores Don Juan". [62]

O amenazador, pendenciero y desafiante:

– "Donde hay soldados hay juego,
hay pendencias y amoríos.
Di, pues, sobre Italia luego,
buscando a sangre y a fuego
amores y desafíos". [63]

Un tanto exagerado en la expresión:

– "Fui al ejército de España;
mas todos paisanos míos,
soldados y en tierra extraña,
dejé pronto su compaña
tras cinco o seis desafíos". [64]

O interpretado a lo natural:

– "Desde la princesa altiva
a la que pesca en ruin barca,
no hay hembra a quien no suscriba;
y a cualquier empresa abarca,
si en oro o valor estriba". [65]

Tengo que cuidar mucho la expresión, el gesto, el movimiento, la composición del personaje, y sobre todo la voz. Voz que ha de levantarse a veces airadamente, turbando la placidez de la escena, y arroparse de cadencias amorosas y románticas cuando la situación lo requiera.

[62] Intercala en medio de la apuesta algo posterior: 1ª Parte, Acto II, v. 482-486.
[63] Vuelve a la apuesta: v. 451-456.
[64] Sigue lo mismo: v. 476-481.
[65] V. 486-491.

Voz violenta y feroz cuando maldice:

– "¡Por Satanás, viejo insano,
que no sé cómo he tenido
calma para haberte oído
sin asentarte la mano!" [66]

O serena, madura y reflexiva cuando se arrepiente y encamina sus pasos al otro lado de la vida:

– "... yo, Santo Dios, creo en Ti:
si es mi maldad inaudita,
tu piedad es infinita...
¡Señor, ten piedad de mí!" [67]

Y así pasar, una y otra vez, de los tonos graves y líricos de las escenas lentas que el corazón sosiegan y despiertan el placer del alma, a la voz agresiva, violenta e insolente, con tonos agudos y rápidos, del que todo se salta y todo desafía.

Hubo una vez un actor, un tal Malla, que antes fue torero, y hacía el papel y los desplantes de la pieza con mucho arte y chulería, como si tirara de capote y dejara en el mutis atontado al animal, mientras daba la espalda a su morrillo. Se colocaba en el centro del escenario, tiraba de capa, y en pose toreril decía aquello de:

– "Llamé al cielo y no me oyó,
y pues sus puertas me cierra,
de mis pasos en la tierra
responda el cielo, y no yo". [68]

Y giraba después sobre sus tacones como si le clavara al público el acero de estoquear con la arrogancia de sus palabras.

[66] V. 724-728.
[67] Último Acto de la 2ª Parte, v. 167-171.
[68] Escena final de la 1ª Parte, v. 711-715.

Hay muchas formas de hacerlo, hermana, que el papel tiene miga, y puede uno lucirse con él, pero también estrellarse. Es de aventuras pero romántico, de canalla, pero tiene que caer bien, de joven al principio, y de mayor en el segundo acto, y con tantos cambios y retruécanos que casi hace más falta un brujo [69] para representarlo que un actor.

A mí me gustaría hacerlo con suavidad y elegancia en la expresión, con la naturalidad que el verso permita y poniendo, eso sí, todo el alma y la pasión en mi boca cuando por ella salga la voz del más genial personaje que jamás haya creado autor español.

Pero aún no tengo las botas puestas, hermana. Me las pongo en un momento, y encamino mis pasos hacia mi destino que ya sé que no es posible demorarlo más.

(*Va* SATURNINO *hasta el perchero y coge las botas, cada una de un color, y con ellas en la mano se dirige al banquillo, para ponérselas.*)

[69] Alusión y homenaje al actor para el que está escrita la obra: Rafael Álvarez, "El Brujo".

CUADRO DECIMOQUINTO

EN QUE SE CUENTA UN EXTRAÑO SUEÑO DEL ACTOR, AL SENTIRSE CERCA DEL ESTRENO.

En un instante estoy, hermana. Una es más grande que la otra porque vienen de Tenorios de compañías distintas, ya me entiende, para no levantar sospechas. "Habrá sido un perro", dijeron sus dueños después de buscar hasta debajo de las piedras. Porque ¿qué mortal roba una bota sola? "Si acaso un cojo de una pierna", dijo alguno. Pero como no había ninguno en la compañía ni en el pueblo donde estábamos, la falta quedó en la raza canina, que en aquella época, después de la guerra, por el hambre que había, comían de todo lo que pillaban. Hasta botas.

(*Se levanta y se dirige hacia* SOR INÉS, *con las botas ya puestas, cojeando un tanto por su diferencia de tamaño.*)

Ya estoy, hermana: vestido, maquillado, con la peluca, la espada al cinto... y las botas puestas. Todo está preparado para empezar, o para terminar esta representación, según se mire.

Si volviera a nacer otra vez no sé si me metería a comediante. Para cuatro días que vive uno bien, cuatrocientos los pasas fatal, de acá para allá con tus trastos a cuestas, luchando con las dificultades, y con la falta de dinero, sin saber si te van a contratar para la siguiente obra... Yo, gracias a Ciutti, a pesar de todo, he comido estos años, pero otros...

La gente sólo ve de un actor la cara buena en el escenario: vestido, maquillado y con luces; y toma el teatro por otra cosa. Si viera usted la diferencia que hay entre los escenarios, y lo de detrás de ellos... ¡Si no fuera por la vocación ésta que tiene uno metida en el alma!

¡El teatro es como la vida, hermana, pura apariencia! Una máscara. Y un sueño...

¡Un sueño...! Me viene a la cabeza un sueño que tuve hace unas noches... Estábamos en el teatro más importante de Madrid, a punto de estrenar el Tenorio. Yo estaba entre cajas, nerviosísimo... También me acababa de poner las botas... como hoy, con la boca seca y temblándome las piernas...

Allí, sentados en el público, esperando que empezara la representación: personalidades, autores, críticos...

Vi levantarse el telón lentamente, y se creó un gran silencio: el silencio del vacío. Cogí aire, que por cierto se negaba a entrar en mi pecho, que estaba de cemento, tragué saliva, que no tenía, cerré los puños, y me dije: "Saturnino, ahora o nunca". Y en ese momento me pasó algo terrible. Miré para abajo y vi que estaba vestido de Brígida. ¡De Brígida! No de Tenorio, ni de Ciutti... ¡De Brígida!

En mi desesperación miré el escenario vacío, que se abría como un abismo a mis pies y vi cómo entre cajas empezaban a aparecer otras Brígidas, que me miraban y se reían, y sujetándose las tocas, se tiraban al vacío volando como locas...

Me desperté en medio de mi alucinación, recitando a gritos esa parte de la Brígida que dice:

– "¡Bah! Pobre garza enjaulada,
dentro la jaula nacida,
¿qué sabe ella si hay más vida
ni más aire en que volar?" [70]

[70] Parte 1ª, Acto II, v. 414-418.

Entonces supe que me quedaban muy pocas noches para el estreno.

¡Rufino, no me entretengo más! ¡Ya voy... prepara el final!

Me faltaba ponerme la parlota.

(*Coge la parlota que colgaba solitaria del perchero. Va hasta el espejo, se la pone y se mira un tiempo, despidiéndose de sí mismo, mientras vuelven a sonar los cánticos del coro de monjas del hospital.*)

CUADRO DECIMOSEXTO

DONDE SE CUENTA EL FINAL DE SATURNINO MORALES, DE DON JUAN TENORIO, Y DE ESTA COMEDIA.

¡Maitines! Escuchémoslos, hermana. Ésa ha sido una de las pocas cosas buenas que ha tenido acabar en este lugar: escuchar los cantos de monjas, que suenan a voces de ángeles que vienen a arrullarle a uno cuatro veces al día. Como la capilla me cae al lado, no me he perdido uno desde que estoy aquí. Hoy usted se ha librado de cantos, con la tarea esta que le ha tocado de organizar mi viaje.

¡Maitines!

¡Qué bien viene esta música para la escena final del camposanto, en que todo termina!

– "... porque el plazo va a expirar,
y las campanas doblando
por ti están, y están cavando
la fosa en que te han de echar".

– "¿Conque por mí doblan?"

– "Sí".

– "¿Y esos cantos funerales?"

– "Los salmos penitenciales,
que están cantando por ti".

– "¿Y aquel entierro que pasa?"

– "Es el tuyo".

– "¡Muerto yo!"

– "El capitán te mató
a la puerta de tu casa". [71]

Y es ahí cuando a vos os toca hacer vuestro papel, Sor Inés, y yo en mis últimos versos diré aquello de:

– "¡Inés de mi corazón!"

Vos deberéis acercaros a mí y contestarme con aquel final tan bello de la novicia:

– "Yo mi alma he dado por ti,
y Dios te otorga por mí
tu dudosa salvación.
Misterio es que en comprensión
no cabe de criatura:
y sólo en vida más pura
los justos comprenderán
que el amor salvó a Don Juan
al pie de la sepultura". [72]

Y se abrirán aquí los cielos, como se abren en escena cuando llega este momento final, y saldrán los ángeles –¡mi público!–. El autor lo pone en la obra: "al final salen los ángeles, y se llevan a Don Juan y Doña Inés al son de una música dulce y lejana"... Y dejan caer flores sobre nosotros, y suenan los aplausos... muchos y fuertes aplausos, que ésa es la mejor manera que existe de ayudar a vivir, y a morir, a un cómico: aplaudiéndole.

¡Hermana! ¡Ya están ahí! ¡Oigo el rumor de mi público! ¿Oye, hermana? Mire qué música tan hermosa ha puesto Rufino para esta escena final...

[71] Parte 2ª, Acto III, v. 109-121.
[72] Escena penúltima, v. 187-197.

– "... volved a los pedestales,
animadas esculturas;
y las celestes venturas
en que los justos están,
empiecen para Don Juan
en las mismas sepulturas". [73]

¡Veo una luz...! ¡Flores y aplausos...! ¡Mis aplausos!

(*Va hacia la cama a tumbarse sobre ella. Regresa ahora la tormenta del principio de la obra a dar un aire romántico al final.*)

¿Sabe una cosa, hermana? Ahora que estoy vestido de Tenorio, no sé si en verdad éste es mejor papel que el de Ciutti...

(*Se levanta y se pone de pie sobre la cama, espada en mano, mirando a los cielos que se abren para recibirle, en despedida histriónica y tragicómica, como corresponde a tan insigne personaje. Y a tan insigne actor.*)

– "Mas es justo: quede aquí
al universo notorio
que, pues me abre el purgatorio
un punto de penitencia,
es el Dios de la clemencia
el Dios de Don Juan Tenorio". [74]

(*Trueno final, relámpagos, oscuro y*

TELÓN.)

[73] Sigue la misma escena, v. 201-207.
[74] Son los últimos versos de la obra romántica.

ÍNDICE DE LÁMINAS

Entre págs.

José Luis Alonso de Santos 60-61

Programa de la reposición de *La estanquera de Vallecas* 60-61

Conchta Montes y Beatriz Bergamín en la reposición de *La estanquera de Vallecas* 90-91

Beatriz Bergamín y Manolo Rochel en una escena de *La estanquera de Vallecas* 90-91

Rafael Álvarez "El Brujo" 122-123

Una escena de *La sombra del Tenorio* 122-123

EL EDITOR

ANDRÉS AMORÓS

(Valencia, 1941) es escritor y catedrático de Literatura Española en la Facultad de Filología de la Universidad Complutense de Madrid.
Ha publicado más de 150 libros: novela, cuento, teatro, libreto de ópera, ensayo, crítica literaria, ediciones de clásicos y tauromaquia. Ha obtenido, entre otros, el Premio Nacional de Ensayo, el Premio Nacional de Crítica Literaria, el Fastenrath de la Real Academia Española y el Premio de las Letras Valencianas. Dirige, desde sus inicios, la colección «Literatura y Sociedad» de Editorial Castalia.

ESTE LIBRO
SE TERMINÓ
DE IMPRIMIR EL DÍA
29 DE DICIEMBRE DE 2013